Geschichten für Demenzkranke

GESCHICHTEN FÜR DEMENZKRANKE

First edition. March 11, 2023.

Copyright © 2023 Liom Liom.

ISBN: 979-8215750582

Written by Liom Liom.

Der geheimnisvolle Brief

Frau Meier saß in ihrem Lieblingssessel und betrachtete die Welt um sie herum. Die Blumen auf dem Tisch blühten prächtig und die Vögel zwitscherten fröhlich im Garten. Doch trotz all der Schönheit um sie herum fühlte sie sich einsam und vergessen. Frau Meier hatte Demenz und die Erinnerungen an ihr Leben waren wie ein Buch, dessen Seiten sich unaufhörlich in alle Richtungen zu drehen schienen.

Eines Tages jedoch erhielt sie einen geheimnisvollen Brief. Die Handschrift war ihr fremd und sie konnte nicht erkennen, wer der Absender war. Voller Neugier öffnete sie den Brief und las:

"Liebe Frau Meier, ich hoffe, dass Ihnen dieser Brief ein Lächeln ins Gesicht zaubert. Ich bin ein alter Freund von Ihnen und ich wollte Ihnen mit diesem Brief zeigen, dass ich an Sie denke und Ihnen immer noch verbunden bin. Ich habe viele glückliche Erinnerungen an unsere gemeinsame Zeit und ich denke, dass es Ihnen genauso geht. Wir haben so viel zusammen erlebt und ich möchte, dass Sie wissen, dass ich auch heute noch an Ihrer Seite stehe. In Liebe, Ihr alter Freund."

Frau Meier war verwirrt, aber auch glücklich. Sie konnte sich nicht an diesen Freund erinnern, aber der Brief berührte sie zutiefst. Es war so lange her, dass sie sich geliebt und gewollt fühlte. Sie beschloss, den Brief in ihrem Schrank aufzubewahren und immer dann herauszunehmen, wenn sie sich alleine und verloren fühlte.

In den kommenden Wochen erhielt Frau Meier weitere Briefe von ihrem geheimnisvollen Freund. Jeder Brief brachte ihre Freude und Glück und sie fühlte sich nicht mehr so alleine wie zuvor. Sie begann, sich an einige ihrer Erinnerungen mit diesem Freund zu erinnern und lächelte, wenn sie an ihre gemeinsamen Abenteuer dachte.

Dann eines Tages kam ein letzter Brief von ihrem geheimnisvollen Freund. Er schrieb, dass er krank sei und dass er bald sterben würde. Aber er versprach ihr, dass ihre Freundschaft nie sterben würde und dass sie immer in seinem Herzen bleiben würde. Frau Meier war traurig und weinte um ihren Freund, den sie nie wirklich kennengelernt hatte. Aber sie wusste auch, dass er immer ein Teil ihres Lebens sein würde und dass sie seine Briefe und ihre gemeinsamen Erinnerungen in Ehren halten würde.

Und so saß Frau Meier in ihrem Lieblingssessel und betrachtete die Welt um sie herum. Die Blumen auf dem Tisch blühten prächtig und die Vögel zwitscherten fröhlich im Garten. Doch nun fühlte sie sich nicht mehr einsam und vergessen, denn sie wusste, dass sie einen Freund hatte, der immer an ihrer Seite sein würde, auch wenn er nicht mehr physisch bei ihr sein konnte.

Der Fall des gestohlenen Schmucks

Frau Schmidt war eine ältere Dame, die in einem Altersheim lebte. Eines Tages bemerkte sie, dass ihr kostbarer Schmuck gestohlen worden war. Sie konnte sich nicht erinnern, wann genau es passiert war und wer es gewesen sein könnte. Frau Schmidt war sehr traurig und verärgert. Der Schmuck hatte für sie eine besondere Bedeutung, denn er war ein Geschenk von ihrem verstorbenen Ehemann gewesen.

Die Polizei wurde informiert und Frau Schmidt erklärte ihnen alles, was sie sich erinnern konnte. Doch es gab keine Hinweise auf den Dieb und der Schmuck blieb verschwunden. Frau Schmidt fühlte sich noch verlorener als zuvor.

Doch dann kam die Idee, eine Spurensuche zu veranstalten. Die Bewohner des Altersheims wurden aufgefordert, sich an alles zu erinnern, was sie in den letzten Tagen gesehen hatten. Jeder konnte helfen, denn es gab immer jemanden, der etwas gesehen hatte.

Zusammen suchten sie in jeder Ecke des Heims und fragten jeden, ob er etwas gesehen hatte. Frau Schmidt erzählte ihre Geschichte und es gab viele, die sich daran erinnerten, wie viel ihr der Schmuck bedeutete.

Eines Tages, als Frau Schmidt in ihrem Zimmer saß und traurig den Verlust ihres Schmucks beklagte, klopfte es an ihrer Tür. Ein junger Mann trat ein und stellte sich als Mitarbeiter des Heims vor. Er sagte, er hätte etwas gefunden und wollte es ihr zurückgeben. Frau Schmidt konnte es kaum glauben, als er ihr den Schmuck zurückgab. Sie war so glücklich und erleichtert, dass sie dem jungen Mann umarmte und ihm dankte.

Der junge Mann erklärte, dass er auf dem Heimweg von seiner Arbeit einen älteren Mann gesehen hatte, der den Schmuck in der Hand hielt. Er erkannte ihn als Bewohner des Heims und nahm ihm den Schmuck ab, um ihn zurückzubringen. Er hatte ihn versteckt, um ihn vor weiterem Diebstahl zu schützen.

Frau Schmidt war so dankbar für die Hilfe, die sie von den Bewohnern des Altersheims und dem jungen Mann erhalten hatte. Sie erkannte, dass es in ihrem Leben immer noch Menschen gab, die sich um sie kümmerten und für sie da waren. Der Fall des gestohlenen Schmucks hatte ihr gezeigt, dass sie nicht alleine war und dass sie immer auf die Unterstützung anderer zählen konnte.

Eine mysteriöse Erbschaft

Frau Schmidt war eine ältere Dame, die alleine in einem kleinen Haus am Stadtrand lebte. Eines Tages erhielt sie einen Brief von einem Anwalt, der sie darüber informierte, dass ihre Cousine in Übersee verstorben war und ihr eine Erbschaft hinterlassen hatte. Frau Schmidt war überrascht und neugierig, denn sie hatte ihre Cousine seit Jahren nicht mehr gesehen und wusste nicht, was sie erwartete.

Sie machte sich auf den Weg zum Anwalt, der ihr den Inhalt des Testaments vorlas. Frau Schmidt konnte es kaum glauben, als sie hörte, dass ihre Cousine ihr eine Villa in Südfrankreich hinterlassen hatte, zusammen mit einer großen Summe Geld. Sie war überwältigt und konnte es kaum fassen.

Frau Schmidt reiste nach Südfrankreich, um das Erbe anzutreten. Als sie die Villa betrat, war sie von ihrer Schönheit und Eleganz überwältigt. Doch es gab auch Rätsel zu lösen. Denn in einem geheimen Raum in der Villa fand sie einen alten Koffer mit merkwürdigen Gegenständen und einem mysteriösen Brief.

In dem Brief stand, dass ihre Cousine ein Geheimnis hatte und sie bat, es zu lüften. Frau Schmidt war neugierig und begann, Nachforschungen anzustellen. Sie traf Menschen, die ihre Cousine gekannt hatten, und erfuhr immer mehr über ihr Leben und ihre Vergangenheit. Schließlich stieß sie auf ein Geheimnis, das ihre Cousine jahrzehntelang bewahrt hatte.

Es stellte sich heraus, dass ihre Cousine eine ehemalige Spionin gewesen war, die im Zweiten Weltkrieg für Frankreich gearbeitet hatte. Sie hatte ihr Vermögen aus ihren Abenteuern und ihren Kontakten zu anderen Geheimagenten verdient. Der Koffer und die Gegenstände darin waren Beweise für ihre Vergangenheit als Spionin.

Frau Schmidt war fasziniert von der Geschichte ihrer Cousine und fühlte sich geehrt, Teil davon zu sein. Sie beschloss, die Villa zu behalten und dort ihre goldenen Jahre zu verbringen. Das Erbe hatte ihr nicht nur Reichtum gebracht, sondern auch ein aufregendes neues Kapitel in ihrem Leben eröffnet. Sie war glücklich und dankbar für die unerwartete Wendung in ihrem Leben.

Der rätselhafte Einbruch

Frau Müller war eine ältere Dame, die alleine in ihrem Haus am Stadtrand lebte. Eines Nachts wurde sie durch Geräusche geweckt und bemerkte, dass jemand in ihr Haus eingebrochen war. Sie rief sofort die Polizei und blieb ruhig, während sie auf ihre Ankunft wartete.

Als die Polizei eintraf, untersuchten sie den Tatort und stellten fest, dass der Einbrecher durch ein offenes Fenster im Erdgeschoss eingestiegen war. Die Ermittlungen ergaben, dass der Einbrecher es auf ihren Schmuck und andere Wertgegenstände abgesehen hatte.

Frau Müller war schockiert und fühlte sich verängstigt. Doch sie beschloss, sich nicht unterkriegen zu lassen. Sie begann, eigene Nachforschungen anzustellen und merkte schnell, dass sie ein Talent für Detektivarbeit hatte. Sie interviewte Nachbarn und befragte Menschen, die in der Nähe des Tatorts gesehen worden waren.

Dabei fiel ihr auf, dass ein verdächtiges Auto in der Nacht des Einbruchs in der Nähe geparkt worden war. Frau Müller beschloss, diesem Hinweis nachzugehen und begab sich auf eigene Faust auf die Suche. Sie fand das Auto und notierte sich das Kennzeichen.

Mithilfe ihrer Recherchen und dem Hinweis des Kennzeichens konnte sie der Polizei wichtige Informationen liefern, die schließlich zur Ergreifung des Einbrechers führten. Frau Müller war stolz darauf, dass sie helfen konnte, den Fall aufzuklären, und fühlte sich, als ob sie einen Beitrag zur Gesellschaft geleistet hatte.

Die Gemeinde ehrte sie für ihre Bemühungen und ihre Tapferkeit. Frau Müller wurde zu einer lokalen Berühmtheit und es gab Artikel über sie in der Zeitung. Sie fühlte sich geschätzt und glücklich, dass sie in der Lage war, trotz ihres Alters und ihrer Einsamkeit etwas Positives zu bewirken. Der rätselhafte Einbruch hatte ihr Leben in vielerlei Hinsicht verändert und ihr gezeigt, dass sie noch immer eine wichtige Rolle in der Gesellschaft spielen konnte.

Das verschwundene Gemälde

Herr Schmidt war ein älterer Herr, der sein Leben lang ein begeisterter Kunstliebhaber gewesen war. Er hatte eine beeindruckende Sammlung von Gemälden und Skulpturen, die er im Laufe der Jahre gesammelt hatte.

Eines Tages bemerkte er, dass eines seiner Lieblingsgemälde, ein Bild des berühmten Künstlers Rembrandt, verschwunden war. Er hatte es vor ein paar Wochen noch bewundert, als er durch seine Sammlung gegangen war. Doch nun war es einfach nicht mehr da.

Herr Schmidt war bestürzt und fühlte sich hilflos. Er konnte sich nicht vorstellen, wer das Gemälde gestohlen haben könnte. Er hatte eine Alarmanlage installiert und seine Sicherheitsmaßnahmen ständig verbessert, um seine wertvollen Kunstwerke zu schützen.

Doch dann erinnerte er sich an einen jungen Mann, der vor ein paar Wochen sein Haus besucht hatte, um eine Spendenaktion zu organisieren. Der Mann hatte behauptet, dass er für eine lokale Wohltätigkeitsorganisation arbeite und Geld für einen guten Zweck sammle. Herr Schmidt hatte ihm gerne geholfen und ihm sogar eine Führung durch seine Sammlung gegeben.

Als Herr Schmidt sich an den Mann erinnerte, begann er zu vermuten, dass dieser etwas mit dem Diebstahl zu tun haben könnte. Er beschloss, eigene Nachforschungen anzustellen und erinnerte sich daran, dass der junge Mann ihm eine Visitenkarte hinterlassen hatte.

Er rief die auf der Visitenkarte angegebene Nummer an und gab sich als Interessent für Kunst aus. Der junge Mann erkannte ihn nicht und gab ihm bereitwillig seine Adresse. Herr Schmidt entschied sich, sich Undercover auf den Weg zu machen und zu schauen, ob er irgendwelche Hinweise auf sein gestohlenes Gemälde finden konnte.

Als er das Haus des jungen Mannes betrat, sah er, dass dort viele Kunstwerke ausgestellt waren. Darunter auch das verschwundene Rembrandt-Gemälde. Herr Schmidt war erleichtert und empört zugleich. Er rief sofort die Polizei und sorgte dafür, dass das Gemälde sichergestellt und der junge Mann festgenommen wurde.

Herr Schmidt war glücklich und erleichtert, dass er sein gestohlenes Kunstwerk zurückhatte. Und er war stolz darauf, dass er seinen eigenen Fall gelöst hatte. Der Diebstahl hatte ihm gezeigt, dass er noch immer das Talent hatte, auch in seinem Alter, seine Fähigkeiten als Detektiv einzusetzen.

Der entführte Hund

Frau Meier war eine ältere Dame, die einen treuen Begleiter hatte - ihren Hund Bobby. Bobby war ein kleiner Terrier, der Frau Meier überall hinbegleitete und sie mit seiner fröhlichen Art immer zum Lachen brachte.

Eines Tages, als Frau Meier mit Bobby spazieren ging, wurde der Hund plötzlich von einer Gruppe von Jugendlichen entführt. Die jungen Leute schnappten Bobby und rannten davon, während Frau Meier hilflos zurückblieb.

Frau Meier war am Boden zerstört. Bobby war nicht nur ihr treuer Begleiter, sondern auch ihr bester Freund. Sie konnte sich nicht vorstellen, wie sie ohne ihn leben sollte.

Doch dann beschloss sie, dass sie Bobby nicht aufgeben würde. Sie rief die Polizei an und gab eine Vermisstenanzeige auf. Sie verteilte Flyer in der Nachbarschaft und bat alle, nach Bobby Ausschau zu halten. Sie war entschlossen, ihren Hund zurückzubekommen.

Nach ein paar Tagen bekam Frau Meier einen Anruf von einem Tierheim. Sie wurden informiert, dass sie einen Hund gefunden hatten, der Bobby sehr ähnlichsah. Frau Meier eilte sofort ins Tierheim und fand Bobby wieder. Der Hund hatte ein paar Kratzer und war ein wenig verängstigt, aber er war sonst in guter Verfassung.

Frau Meier war überglücklich, ihren geliebten Hund wiederzusehen. Sie umarmte ihn und küsste ihn und Bobby gab ihr ein glückliches Wedeln mit dem Schwanz. Sie bedankte sich bei allen, die ihr geholfen hatten, Bobby zu finden, und beschloss, ihn nie wieder aus den Augen zu lassen.

Frau Meier war erleichtert, dass sie Bobby zurückhatte. Sie hatte bewiesen, dass man niemals aufgeben sollte, wenn man jemanden vermisst, den man liebt. Bobby und sie waren unzertrennlich und glücklicher denn je zuvor.

Der Spuk im alten Haus

In einem kleinen Dorf gab es ein altes, verlassenes Haus. Es hieß, dass es darin spukte und niemand sich getraute, sich dem Gebäude zu nähern. Doch eines Tages beschlossen zwei Freunde, sich der Herausforderung zu stellen und das Haus zu erkunden.

Die beiden Freunde, Tom und Lisa, waren mutig und neugierig. Sie waren fest entschlossen, herauszufinden, ob das Haus wirklich von Geistern bewohnt wurde. Sie packten ihre Taschen und gingen zum alten Haus.

Als sie das Gebäude betraten, fühlten sie eine unheimliche Stille. Es war dunkel und staubig und es roch nach Verfall. Die beiden Freunde gingen langsam durch das Haus und entdeckten viele geheimnisvolle Dinge. Plötzlich hörten sie ein lautes Geräusch und das Knarren von Holz. Sie erschraken und waren sich sicher, dass sie von einem Geist verfolgt wurden.

Doch als sie sich umdrehten, sahen sie nur einen alten Mann, der sich als Besitzer des Hauses herausstellte. Er erzählte den beiden Freunden, dass er das Haus geerbt hatte und es aus sentimentalen Gründen nicht verkaufen wollte. Er hatte einige Renovierungen vorgenommen, aber es war schwierig, das Haus in Schuss zu halten.

Tom und Lisa waren erleichtert, dass es keine Geister gab, sondern nur den freundlichen alten Mann. Sie boten ihm an, ihm bei der Renovierung des Hauses zu helfen und er nahm dankbar an. Sie arbeiteten hart, um das Haus wieder in einen bewohnbaren Zustand zu bringen.

Als das Haus fertig renoviert war, beschlossen Tom und Lisa, eine große Einweihungsparty zu veranstalten. Sie luden alle Dorfbewohner ein und feierten bis in die späte Nacht hinein. Der Besitzer des Hauses war überglücklich und dankbar für die Hilfe der beiden Freunde.

Das Haus war jetzt wieder ein wunderschönes Zuhause und niemand glaubte mehr, dass es darin spukte. Tom und Lisa waren stolz darauf, dass sie dem alten Haus neues Leben eingehaucht hatten und dass sie dem Besitzer geholfen hatten, es wiederzubeleben.

Das Geheimnis der verlassenen Mine

Tom war schon immer fasziniert von alten Minen. Er konnte stundenlang über die Geschichten von Goldsuchern und Schatzsuchern lesen, die in den Bergen nach ihrem Glück suchten. Als er hörte, dass es in der Nähe eine verlassene Mine gab, konnte er nicht widerstehen, sie zu erkunden.

Mit seiner Taschenlampe in der Hand und einem Rucksack voller Proviant machte sich Tom auf den Weg. Die Mine lag tief in den Bergen versteckt, und der Weg dorthin war mühsam. Tom kletterte über Felsen und watete durch Flüsse, bis er schließlich die Mine erreichte.

Die Mine war dunkel und gruselig, aber Tom ließ sich davon nicht abschrecken. Er war entschlossen, das Geheimnis der Mine zu entdecken. Er durchsuchte die Gänge und Schächte und fand schließlich eine alte Karte.

Die Karte führte zu einem versteckten Schatz, den ein alter Goldsucher vor vielen Jahren in der Mine versteckt hatte. Tom konnte sein Glück kaum fassen, er hatte den Hinweis gefunden, nach dem er gesucht hatte.

Er folgte der Karte zu einem geheimen Raum tief in der Mine, wo er schließlich den Schatz fand. Es war eine Kiste voller Gold und Juwelen, die glänzten und funkelten im Schein seiner Taschenlampe.

Tom war überglücklich, dass er das Geheimnis der verlassenen Mine entdeckt hatte. Er kehrte zurück ins Tal und brachte den Schatz mit sich. Nun konnte er sich endlich seinen Traum erfüllen und ein Leben lang reisen und die Welt entdecken.

Für Demenzkranke und Senioren ist diese Geschichte eine aufregende Reise in eine vergangene Zeit. Es erinnert sie an die Abenteuer ihrer Jugend und erweckt ihre Fantasie zum Leben.

Ein falsches Spiel

In einer ruhigen Nachbarschaft lebte Frau Schmidt, eine ältere Dame, die sich gut mit ihren Nachbarn verstand. Eines Tages bemerkte Frau Schmidt, dass ihre Enkelin, Laura, sehr besorgt aussah. Sie fragte sie, was los sei, und Laura erzählte ihr, dass sie bei einem Online-Quiz Geld gewonnen hatte, aber ihre Bankverbindung angeben musste, um das Geld zu erhalten.

Frau Schmidt wusste, dass Online-Betrüger solche Tricks anwenden, um an persönliche Informationen zu gelangen. Zusammen überprüften sie Lauras Bankkonto und stellten fest, dass das Geld tatsächlich verschwunden war. Sie meldeten den Vorfall der Polizei, aber es schien keine Spur von den Betrügern zu geben.

Ein paar Tage später rief Laura ihre Großmutter erneut an und teilte ihr mit, dass sie von einer "Sicherheitsfirma" kontaktiert worden war, die ihr gegen Gebühr helfen würde, das verlorene Geld zurückzufordern. Frau Schmidt wusste, dass es sich um eine weitere Betrugsmasche handelte und beschloss, selbst zu handeln.

Sie kontaktierte einen alten Freund, der ein ehemaliger Polizist war und sich nun auf Betrugsfälle spezialisiert hatte. Zusammen recherchierten sie und fanden heraus, dass es sich bei der "Sicherheitsfirma" um eine falsche Firma handelte, die von einem Mann betrieben wurde, der bereits wegen Betrugs verurteilt worden war.

Frau Schmidt und ihr Freund setzten die Polizei darüber in Kenntnis und konnten den Betrüger schließlich fassen. Laura erhielt ihr Geld zurück und war unglaublich dankbar für die Unterstützung ihrer Großmutter.

Die Nachbarschaft war stolz auf Frau Schmidt und lobte sie für ihre Tapferkeit und ihren Mut, den Betrügern ein Ende zu setzen. Frau Schmidt lächelte und sagte, dass sie nur das tat, was sie tun musste, um ihre Familie zu schützen. Sie fühlte sich glücklich und zufrieden und wusste, dass sie in der Lage war, sich und ihre Lieben vor dem Bösen zu schützen.

Eine Überraschungsparty

Einst hatte Fritz Geburtstag und seine Enkelin Anna war nicht nur seine größte Überraschung, sondern auch sein größtes Geschenk. Seit dem waren die beiden unzertrennlich und verbrachten jede freie Minute miteinander. Als Fritz nun seinen 90. Geburtstag feiern sollte, war Anna wild entschlossen, ihm eine ganz besondere Überraschung zu bereiten. Sie beschloss eine

Überraschungsparty zu organisieren und lud alle Freunde und Familie von Fritz ein.

Die Vorbereitungen dauerten mehrere Wochen und Anna investierte all ihre Zeit und Energie in die Planung. Sie wusste, dass Fritz nicht einfach zu überraschen war, aber sie war sicher, dass er sich sehr darüber freuen würde. Am Tag der Party war Fritz besonders gut gelaunt und ahnte nichts von dem geplanten Fest. Als er die Tür öffnete, standen all seine Lieben vor ihm und sangen ihm ein Geburtstagsständchen. Fritz konnte es nicht fassen und Tränen der Rührung rannen ihm über das Gesicht.

Die Party war ein voller Erfolg und Fritz war überwältigt von der Liebe und Fürsorge, die ihm von allen entgegengebracht wurde. Anna war überglücklich, dass alles so gut geklappt hatte und sie hatte das Gefühl, dass sie ihrem Opa ein unvergessliches Geschenk gemacht hatte. Fritz war voller Freude und Glück, und als die Party vorbei war, bedankte er sich bei jedem einzelnen für diesen wunderbaren Tag. Es war ein Tag, den er nie vergessen würde und er war unendlich dankbar für Anna und all die Menschen, die ihm so viel Liebe und Freude schenkten.

Eine Fahrt ins Grüne

Anna und ihre Freunde, Maria und Peter, waren schon lange nicht mehr zusammen ausgegangen. Sie beschlossen, einen Tag in der Natur zu verbringen und machten eine Fahrt ins Grüne. Sie packten Proviant ein und fuhren in den nahegelegenen Nationalpark. Dort spazierten sie durch Wälder und Wiesen und genossen die frische Luft und die idyllische Landschaft.

Sie entdeckten einen malerischen See und setzten sich an das Ufer. Sie unterhielten sich über alte Zeiten und lachten viel. Dann beschlossen sie, ein Picknick zu machen. Sie breiteten eine Decke aus und genossen leckere Sandwiches und Obstsalat. Peter hatte sogar eine Flasche Wein dabei, die sie gemeinsam tranken.

Nach dem Essen gingen sie noch ein wenig spazieren, bis sie schließlich müde wurden. Sie fuhren zurück in die Stadt, glücklich und zufrieden mit ihrem Tag in der Natur. Auf dem Heimweg beschlossen sie, dass sie das bald wiederholen sollten, da es so eine schöne Zeit war.

Die Fahrt ins Grüne hatte Anna, Maria und Peter gezeigt, wie wichtig es ist, Zeit miteinander zu verbringen und sich an den kleinen Freuden des Lebens zu erfreuen. Es war ein Tag voller Freude, Glück und unvergesslicher Erinnerungen.

Eine Reise in die Vergangenheit

Carla saß auf ihrem Bett und starrte in die Luft. Sie hatte das Gefühl, dass sie in einem Traum gefangen war. Sie sah aus dem Fenster und bemerkte, dass sich draußen eine Welt befand, die sie nicht mehr erkannte. Sie konnte sich nicht erinnern, wann sie das letzte Mal das Haus verlassen hatte. Sie war seit Jahren zu Hause, seit ihr Mann verstorben war. Sie fühlte sich einsam und vergessen, bis eines Tages ein Brief sie zurück in die Vergangenheit schickte.

Carla öffnete den Brief und las langsam. Es war von ihrer Enkelin geschrieben worden, die in der Stadt lebte. Sie hatte sie eingeladen, sie für ein Wochenende zu besuchen. Carla war begeistert und ängstlich zugleich. Sie hatte die Stadt lange nicht mehr besucht und wusste nicht, was sie erwarten würde. Aber sie beschloss, ihre Angst zu überwinden und das Angebot ihrer Enkelin anzunehmen.

Sie reiste mit dem Zug in die Stadt und wurde von ihrer Enkelin am Bahnhof abgeholt. Sie fuhren durch die Straßen der Stadt und Carla erkannte viele Orte, an denen sie als junge Frau gewesen war. Sie fuhren zu einem alten Herrenhaus, das Carla als Kind oft besucht hatte. Es war jetzt ein Museum und sie freute sich darauf, es zu besichtigen.

Im Museum führte sie ein junger Mann herum, der ihr erklärte, wie das Herrenhaus restauriert wurde und wie es jetzt als Museum genutzt wurde. Während sie durch das Herrenhaus spazierten, erinnerte sich Carla an ihre Vergangenheit. Sie erzählte ihre Enkelin von ihren Erlebnissen und Abenteuern als junge Frau. Sie erzählte von ihren Freunden, ihrer Familie und ihrem Mann. Sie lachte und weinte, als sie ihre Erinnerungen teilte.

Am Ende des Tages kehrten sie zurück in das Haus ihrer Enkelin. Sie hatten eine Überraschungsparty für Carla organisiert. Ihre Enkelin hatte Freunde und Familienmitglieder eingeladen, die Carla seit Jahren nicht mehr gesehen hatte. Sie freute sich über die Überraschung und war überwältigt von all der Liebe und Freude, die ihr entgegengebracht wurde.

In dieser Nacht lag Carla in ihrem Bett und dachte an den Tag zurück. Sie hatte sich so lange vergessen gefühlt, aber heute hatte sie das Gefühl, dass sie wieder gelebt hatte. Sie dachte an ihre Enkelin und wie dankbar sie dafür war, dass sie ihr geholfen hatte, in die Vergangenheit zurückzukehren. Sie wusste, dass sie nie vergessen würde, was an diesem Tag passiert war, und dass sie immer ein Teil ihrer Vergangenheit bleiben würde.

Ein Tag am Strand

Die Sonne strahlte am wolkenlosen Himmel, als Marie und ihre Enkelkinder den Strand erreichten. Der weiche Sand kitzelte ihre Füße, als sie sich auf eine Decke setzten und den Blick auf das glitzernde Meer genießen konnten.

Marie atmete tief ein und spürte die salzige Luft in ihren Lungen. Sie war dankbar, dass sie diesen Tag mit ihren Liebsten verbringen konnte. Denn sie wusste, dass das Leben vergänglich war und man jeden Moment nutzen sollte.

Die Enkelkinder waren voller Energie und liefen zum Wasser, um darin zu planschen. Marie beobachtete sie lächelnd, als sie sich plötzlich an einen früheren Tag am Strand erinnerte.

Es war vor vielen Jahren gewesen, als sie noch jung und unbeschwert war. Zusammen mit ihrem Mann hatte sie einen Ausflug an die Küste gemacht und den Tag am Meer genossen. Es war ein Tag voller Freude und Glück gewesen, an den sie sich gerne erinnerte.

Als sie aus ihren Gedanken zurückkehrte, sah sie, wie ihre Enkelkinder eine Sandburg bauten. Sie beschloss, ihnen zu helfen und gemeinsam bauten sie eine Burg, die der Stolz des Strandes war.

Als der Tag langsam zu Ende ging und die Sonne unterging, verabschiedeten sie sich vom Strand. Marie fühlte sich erfüllt und glücklich, dass sie diesen Tag mit ihren Enkelkindern verbringen konnte. Sie wusste, dass sie diese Erinnerungen für immer in ihrem Herzen tragen würde.

Eine Gartenparty

Die Sonne strahlte am blauen Himmel und es war ein perfekter Tag für eine Gartenparty. Martha hatte lange auf diesen Tag gewartet und nun war es endlich soweit. Sie hatte Freunde und Familie eingeladen und jeder hatte etwas zu Essen oder zu Trinken mitgebracht.

Die Party war in vollem Gange, als Martha plötzlich bemerkte, dass ihr Lieblingsschmuck fehlte. Sie hatte ihn am Morgen noch getragen, aber jetzt war er verschwunden. Sie war sich sicher, dass sie ihn ins Haus gebracht hatte, aber wo er jetzt war, wusste sie nicht.

Die Gäste versuchten, Martha zu beruhigen und versprachen, ihr zu helfen, den Schmuck wiederzufinden. Sie durchsuchten das

Haus und den Garten, aber ohne Erfolg. Martha war traurig und enttäuscht, denn der Schmuck war für sie von großer Bedeutung.

Plötzlich hörte Martha ein Geräusch aus dem Schuppen im Garten. Sie ging hinüber und öffnete die Tür. Dort saß ihr Enkel Max und grinste sie frech an. Er hatte den Schmuck genommen und wollte Martha einen Streich spielen. Aber als er ihr Gesicht sah, wusste er, dass er zu weit gegangen war.

Martha war glücklich, als sie den Schmuck wieder in ihren Händen hielt. Sie war dankbar für ihre Familie und Freunde, die ihr geholfen hatten, ihn wiederzufinden. Die Party ging weiter und alle hatten eine großartige Zeit. Martha wusste, dass dieser Tag unvergesslich bleiben würde, nicht wegen des verlorenen Schmucks, sondern wegen der Freude und des Glücks, das sie mit ihren Lieben geteilt hatte.

Ein Besuch im Zoo

Es war ein sonniger Tag und die Vögel zwitscherten fröhlich, als die Seniorengruppe den Zoo betrat. Die Luft war erfüllt von einem aufgeregten Summen, als sie begannen, die verschiedenen Tiere zu beobachten. Es gab Löwen, Tiger, Elefanten und sogar Affen, die sie zum Lachen brachten, als sie herumtollten und Unsinn trieben.

Die Gruppe setzte sich auf eine Bank, um sich auszuruhen, als plötzlich ein kleiner Junge mit Tränen in den Augen auf sie zukam. "Ich habe meinen Teddybären verloren", schluchzte er. "Ich habe ihn überall gesucht, aber ich kann ihn nicht finden."

Die Gruppe war gerührt und beschloss, dem Jungen zu helfen. Sie teilten sich auf und begannen, den ganzen Zoo abzusuchen. Sie fragten auch andere Besucher und Mitarbeiter nach dem Teddybären.

Nach einer Weile hörten sie ein lautes Quietschen und folgten dem Geräusch. Es führte sie zu einem Käfig mit ein paar jungen

Affen, die sich mit dem Teddybären amüsierten. Der Junge war überglücklich, seinen geliebten Teddybären wiederzufinden, und die Gruppe freute sich, ihm geholfen zu haben.

Sie verbrachten den Rest des Tages damit, sich die verschiedenen Tiere anzuschauen und über ihre Abenteuer zu sprechen. Die Sonne ging langsam unter, als sie den Zoo verließen, erschöpft, aber glücklich und erfüllt von wunderbaren Erinnerungen. Der Tag am Zoo war ein großer Erfolg und die Gruppe freute sich auf das nächste Abenteuer, das auf sie wartete.

Ein Tag auf dem Bauernhof

Frau Meier freut sich schon seit Tagen auf ihren Ausflug auf den Bauernhof. Sie erinnert sich an ihre Kindheit, als sie mit ihrem Vater oft auf dem Hof ihres Onkels zu Besuch war. Die frische Luft, die Tiere und das Landleben haben ihr immer Freude bereitet.

Als der Bus endlich am Bauernhof ankommt, ist Frau Meier aufgeregt und glücklich. Der Bauer begrüßt die Gäste herzlich und führt sie zu den Stallungen. Frau Meier streichelt die Schafe und Ziegen, und lacht, als sie sieht, wie die Hühner um ihre Beine herumlaufen. Sie kann sich noch genau an die Namen der Tiere erinnern, die sie vor vielen Jahren auf dem Bauernhof ihres Onkels kennengelernt hat.

Die Gruppe bekommt auch eine Führung durch die Felder, wo der Bauer seine verschiedenen Gemüsesorten und Früchte anbaut. Frau Meier ist beeindruckt von der Vielfalt und Schönheit der Pflanzen. Sie erinnert sich, wie sie als Kind im Garten ihrer Großmutter Tomaten gepflückt hat und freut sich, dass sie heute die Möglichkeit hat, frisches Gemüse direkt vom Bauernhof zu kaufen.

Nach einem leckeren Mittagessen mit frischen Zutaten vom Bauernhof machen sich die Gäste auf den Weg zu einer Kutschfahrt durch die umliegenden Felder und Wiesen. Frau Meier genießt die Fahrt und den Duft von Heu und Gras.

Als der Ausflug zu Ende geht und Frau Meier zurück im Altenheim ist, ist sie erschöpft, aber glücklich. Sie denkt an die schönen Erinnerungen ihrer Kindheit und an den wunderbaren Tag auf dem Bauernhof. Sie ist dankbar für diese Erfahrung und freut sich darauf, bald wiederzukommen.

Ein Picknick im Park

Es war ein sonniger Tag im Frühling, als sich eine Gruppe von Senioren auf den Weg in den Stadtpark machte, um ein Picknick zu veranstalten. Jeder hatte etwas zum Essen und Trinken mitgebracht und alle freuten sich darauf, gemeinsam eine schöne Zeit zu verbringen.

Die Gruppe hatte einen schönen Platz unter einem großen Baum gefunden, der angenehmen Schatten spendete. Die Picknickdecken wurden ausgebreitet, die Speisen ausgepackt und bald war es eine fröhliche Runde, die gemeinsam lachte und plauderte.

Plötzlich bemerkten sie, dass ein kleines Mädchen allein auf einer Bank saß, weinte und sich den Bauch hielt. Die Gruppe der Senioren eilte sofort zu dem Mädchen und fragte, was passiert sei. Das Mädchen antwortete, dass sie ihr Geldbeutel verloren hatte und nun nicht mehr nach Hause kommen konnte. Sofort boten die Senioren ihre Hilfe an, um das Mädchen nach Hause zu bringen.

Auf dem Weg zum Haus des Mädchens bemerkten die Senioren, dass eine Gruppe von Kindern in einem nahegelegenen Teich schwimmen ging, obwohl das Baden dort verboten war. Als sie sich näherten, hörten sie, wie ein älterer Mann die Kinder lautstark aufforderte, den Teich zu verlassen. Doch die Kinder ignorierten ihn und schwammen weiter.

Die Senioren erkannten, dass der Mann der Besitzer des Parks war und erklärten ihm, dass sie bereit waren, auf die Kinder aufzupassen, damit er sie nicht alleinlassen musste. Der Mann war erleichtert und dankbar für ihre Hilfe.

Schließlich kamen sie am Haus des kleinen Mädchens an. Sie halfen ihr, ihren verlorenen Geldbeutel wiederzufinden und brachten sie sicher nach Hause. Die Mutter des Mädchens war erleichtert und dankbar für die Hilfe der Senioren.

Die Gruppe kehrte schließlich zum Picknickplatz zurück, wo sie von den Kindern erwartet wurden, die sich von ihrem Schwimmausflug erholt hatten. Sie hatten ein kleines Geschenk für die Senioren vorbereitet, um sich für ihre Hilfe zu bedanken.

Es war ein wunderschöner Tag im Park, an dem die Senioren nicht nur ein gemütliches Picknick hatten, sondern auch die Chance hatten, anderen zu helfen und Freundschaften zu schließen.

Eine Tasse Tee mit Freunden

In einem ruhigen, beschaulichen Viertel lebte Frau Schmidt, eine liebevolle, ältere Dame. Sie war bekannt für ihre Gastfreundschaft und ihre Freundschaft zu vielen Nachbarn in ihrer Umgebung. Eines sonnigen Tages entschied sich Frau Schmidt, ihre Freunde zu einer Tasse Tee und einem netten Plausch in ihrem gemütlichen Garten einzuladen.

Sie bereitete alles sorgfältig vor und war begeistert, ihre Freunde zu empfangen. Doch als ihre Freunde ankamen, bemerkte Frau Schmidt, dass ihre Lieblingstasse fehlte, die sie normalerweise bei besonderen Anlässen verwendete. Sie erinnerte sich, sie in ihrer Küche gesehen zu haben, bevor sie sich auf den Weg gemacht hatte, um die Einladungen vorzubereiten. Sie suchte die ganze Küche ab, konnte die Tasse aber nirgendwo finden. Verzweifelt dachte sie darüber nach, wie sie ihren Freunden Tee servieren sollte, als ihr plötzlich auffiel, dass eine der Tassen, die sie auf den Tisch gestellt hatte, etwas anders aussah.

Sie drehte die Tasse um und entdeckte darunter ein kleines Stück Papier, das sie herauszog und las. Darauf stand geschrieben: "Ich habe deine Tasse genommen, aber keine Sorge, ich bringe sie zurück." Frau Schmidt war etwas verwirrt, aber sie beschloss, nicht viel darüber nachzudenken und stattdessen die Tee-Party zu genießen.

Als die Freunde das köstliche Gebäck und den Tee genossen, bemerkten sie eine geheimnisvolle Gestalt, die am Ende des Gartens auftauchte. Es war ein junger Mann, der die fehlende Tasse in der Hand hielt und sie Frau Schmidt zurückgab. Er erklärte, dass er es war, der sie genommen hatte, weil er so fasziniert von der Schönheit und Eleganz der Tasse war. Er entschuldigte sich für das störende Verhalten und bat um Vergebung.

Frau Schmidt war gerührt von seiner Ehrlichkeit und seiner aufrichtigen Entschuldigung. Sie lächelte und sagte: "Ich verzeihe dir gerne, junger Mann. Du hast mir eine Geschichte zu erzählen gegeben, die ich niemals vergessen werde." Die Freunde stimmten ihr zu und der junge Mann war erleichtert, dass alles in Ordnung war.

Es war ein wunderbarer Tag, an dem Freundschaft und Vergebung gefeiert wurden, und Frau Schmidt war dankbar, dass sie ein Teil davon sein konnte. Sie war sich sicher, dass sie noch viele solcher Tage erleben würde und freute sich darauf, sie mit ihren Freunden zu teilen.

Eine gemeinsame Bastelstunde

Es war ein regnerischer Tag im Altersheim, und die Bewohner*innen hatten sich in den Gemeinschaftsraum zurückgezogen. Die meisten von ihnen saßen still da, lasen Bücher oder lösten Rätsel, während andere auf ihre nächste Mahlzeit warteten. Aber das änderte sich, als Emma, eine junge Freiwillige, hereinkam.

"Hey, alle zusammen! Wer hat Lust, etwas Kreatives zu machen?", rief sie fröhlich.

Einige der Bewohner*innen blickten auf und lächelten, während andere skeptisch blieben. Aber Emma ließ sich nicht entmutigen. Sie holte eine große Tasche hervor und breitete ihren Inhalt auf dem Tisch aus: bunte Papierbögen, Scheren, Klebstoff und weitere Bastelmaterialien.

"Ich dachte, wir könnten alle zusammen etwas Schönes basteln", sagte Emma.

Die Bewohner*innen begannen sich zu engagieren, und bald wurde das Zimmer von Lachen und Gesprächen erfüllt. Es war ein Tag, an dem sie sich an vergangene Bastelstunden und Zeiten mit Freunden erinnerten. Eines der Bewohnerinnen, Frau Schmidt, sprach darüber, wie sie als Kind ihre eigene Kleidung genäht hatte, während ein anderer Bewohner, Herr Braun, Geschichten über seine Abenteuer als Künstler erzählte.

Dann plötzlich, als sie alle mit ihrem Bastelprojekt beschäftigt waren, schaute Emma auf die Uhr und rief: "Oh nein! Wir müssen gleich aufhören, ich habe fast vergessen, dass ich Kekse für uns alle gebacken habe."

Die Bewohner*innen schauten auf und lächelten, begeistert von der Idee, Kekse zu bekommen. Emma verteilte die Kekse und eine Tasse Tee, und sie alle saßen zusammen und sprachen weiter, bis es Zeit für das Abendessen war.

Es war ein Tag, den sie alle genossen hatten, und sie waren dankbar für die Freude, die Emma in ihr Leben gebracht hatte. Einige von ihnen würden die Bastelstunde vielleicht bald vergessen, aber die Freundschaft und das Gefühl der Verbundenheit würden noch lange bleiben.

Ein Geburtstag voller Überraschungen

Es war ein wunderschöner Tag im Sommer und Anna, eine ältere Dame, wachte mit einem Lächeln auf. Heute war ihr Geburtstag und sie freute sich darauf, den Tag mit ihren Freunden zu verbringen. Sie hatte vor ein paar Wochen beschlossen, ihre Geburtstagsfeier in einem nahegelegenen Park abzuhalten, wo sie mit ihren Freunden ein Picknick machen und die Natur genießen konnte.

Anna machte sich fertig und fuhr zum Park. Als sie ankam, war der Park mit bunten Luftballons, Girlanden und Tischen, die mit frischem Obst und leckerem Kuchen bedeckt waren, geschmückt. Ihre Freunde hatten alles perfekt vorbereitet, um den Tag zu einem unvergesslichen Erlebnis zu machen.

Sie alle saßen zusammen, redeten und lachten und genossen die Köstlichkeiten. Plötzlich hörte Anna ein merkwürdiges Geräusch. Sie sah sich um und bemerkte einen Mann, der sich verdächtig umschaute. Sie wollte gerade aufstehen und nachsehen, was los war, als ihre Freunde aufsprangen und eine riesige Überraschung enthüllten.

Ein großer Kuchen wurde hereingebracht und auf ihn waren alle Namen ihrer Freunde geschrieben. Die Kerzen wurden angezündet und alle sangen "Happy Birthday". Anna konnte nicht glauben, wie glücklich sie sich in diesem Moment fühlte. Die Angst vor dem unbekannten Mann war wie weggeblasen.

Die Feier ging weiter und es gab noch viele weitere Überraschungen. Anna erhielt Geschenke, die sie nie erwartet hatte und sie war so dankbar, dass sie diese wundervollen Menschen in ihrem Leben hatte.

Am Ende des Tages, als Anna müde nach Hause ging, wusste sie, dass dies der beste Geburtstag war, den sie jemals hatte. Sie war umgeben von Liebe, Freude und Glück und wusste, dass ihre Freunde immer für sie da sein würden.

Die Rettung des kleinen Kätzchens

Es war ein schöner Tag im Sommer, als die Bewohner des Altenheims eine kleine Überraschung erlebten. Plötzlich hörten sie ein lautes Miauen, das von draußen kam. Sie gingen nach draußen und sahen ein kleines Kätzchen, das in einem Baum feststeckte und um Hilfe rief.

Die Senioren beschlossen, dem Kätzchen zu helfen und riefen die Feuerwehr. Doch es würde noch eine Weile dauern, bis die Feuerwehr eintraf. In der Zwischenzeit beschlossen die Bewohner des Altenheims, dem Kätzchen zu helfen und ein Rettungsplan wurde entwickelt.

Eine Gruppe von Senioren erklomm den Baum, um das Kätzchen zu retten, während andere Bewohner den Boden absicherten und sich um das Wohl des Tieres kümmerten. Es war eine schwierige Aufgabe, aber sie gaben nicht auf und schließlich gelang es ihnen, das Kätzchen zu befreien.

Als die Feuerwehr schließlich eintraf, war das Kätzchen bereits gerettet und die Senioren wurden von allen Seiten gelobt. Es war ein stolzer Moment für die Bewohner des Altenheims und das Kätzchen wurde von nun an ihr neues Haustier.

Die Bewohner verbrachten den Rest des Tages mit dem Kätzchen und hatten viel Spaß mit ihm. Sie beschlossen, ihm einen Namen zu geben und nannten es "Lucky", da es wirklich Glück hatte, von den Bewohnern gerettet zu werden.

Die Rettung des kleinen Kätzchens hatte die Bewohner des Altenheims näher zusammengebracht und ihnen ein Gefühl der

Freude und des Glücks gegeben. Es war ein Tag, den sie nie vergessen würden, und es bewies, dass auch im Alter noch großartige Dinge erreicht werden können.

Eine Begegnung mit einem alten Freund

Es war ein sonniger Tag im Park und Elsa, eine ältere Dame, saß auf einer Bank und beobachtete die Menschen, die an ihr vorbeispazierten. Sie erinnerte sich an ihre Jugend, als sie oft hierhergekommen war, um mit ihren Freunden zu spielen und die Natur zu genießen.

Plötzlich bemerkte sie jemanden, der auf sie zukam. Es war ihr alter Freund Martin, den sie seit vielen Jahren nicht mehr gesehen hatte. Sie stand auf, umarmte ihn und sie begannen, sich über alte Zeiten zu unterhalten.

Martin erzählte ihr, dass er in der Stadt war, um seinen Enkel zu besuchen, der in der Nähe wohnte. Elsa war erfreut darüber, dass er noch immer in Kontakt mit seiner Familie stand und bat ihn, sie mit seinem Enkel bekannt zu machen.

Die drei verbrachten den restlichen Tag gemeinsam und redeten über ihre Erinnerungen und erlebten eine wundervolle Zeit zusammen. Elsa war glücklich, dass sie ihren alten Freund wiedergetroffen hatte und dass sie in der Lage war, eine neue Freundschaft mit seinem Enkel zu knüpfen.

Als es Zeit wurde, sich zu verabschieden, gab Martin Elsa eine Umarmung und sagte: "Es war großartig, dich wiederzusehen, Elsa. Lass uns nicht so lange warten, bis wir uns wiedersehen." Elsa nickte zustimmend und Martin und sein Enkel gingen.

Elsa saß noch eine Weile auf der Bank, glücklich über die unerwartete Begegnung und die neuen Freunde, die sie gefunden hatte. Sie wusste, dass sie jetzt etwas hatte, auf das sie sich freuen konnte, wenn sie das nächste Mal in den Park kam.

Ein Sonnenuntergang am See

Es war ein warmer Sommerabend, als die Gruppe von Senioren gemeinsam am Seeufer entlang spazierte. Sie genossen die frische Luft und das Rauschen der Wellen, während sie auf der Suche nach dem perfekten Platz für einen Sonnenuntergang waren. Einer der Teilnehmer, Herr Schmidt, erzählte von seinen jungen Jahren am See und wie er hier oft mit seinen Freunden und seiner Familie Zeit verbrachte.

Als sie schließlich einen gemütlichen Platz mit Blick auf den See gefunden hatten, setzten sie sich auf die bereitgestellten Decken und genossen die atemberaubende Aussicht. Der Himmel war in warme Orangen- und Rosatöne getaucht, während die Sonne langsam unterging. Alle lauschten dem sanften Plätschern des Wassers und genossen die friedliche Atmosphäre.

Doch plötzlich bemerkte einer der Senioren, dass am gegenüberliegenden Ufer ein kleines Kätzchen in Not war. Es hatte sich in einem Stück Stacheldraht verfangen und konnte sich nicht befreien. Die Gruppe zögerte nicht lange und beschloss, dem Tier zu helfen.

Gemeinsam gingen sie auf die andere Seite des Sees und fanden das kleine Kätzchen inmitten des Stacheldrahts. Vorsichtig befreiten sie es und umsorgten es liebevoll. Alle waren glücklich, dass sie dem Tier helfen konnten und freuten sich über das neue Familienmitglied.

Zurück am Seeufer saßen sie noch lange zusammen und genossen den wunderschönen Sonnenuntergang. Herr Schmidt und die anderen erzählten von ihren eigenen Erfahrungen mit Haustieren und wie viel Freude diese bringen können. Es war ein Abend voller Freude, Glück und wertvollen Erinnerungen, die die Gruppe für immer verbinden würden.

Eine musikalische Soiree

Es war ein warmer Sommerabend, als sich die Bewohner des Altenheims auf eine besondere musikalische Soirée freuten. Die Organisatoren hatten alles perfekt vorbereitet, von der Dekoration bis zur Musikauswahl, um den Abend unvergesslich zu machen. Die Bewohner versammelten sich in der Lounge, wo sie von einem Trio aus Pianist, Geiger und Cellist begrüßt wurden.

Die Musik begann und die Bewohner ließen sich von den Klängen verzaubern. Einige summten leise mit, während andere ihre Hände rhythmisch im Takt bewegten. Die Musik erinnerte sie an glückliche Momente aus ihrer Vergangenheit. Sie erzählten sich gegenseitig von ihren Erinnerungen an Musikveranstaltungen, Tanzabende und Konzerte, die sie in ihrer Jugend besucht hatten. Die Atmosphäre war so angenehm und entspannend, dass einige Bewohner sogar in Schlummer fielen.

Nach der Pause wurde ein besonderer Gast eingeladen, eine berühmte Sopranistin, die extra für die Bewohner des Altenheims gekommen war. Sie sang mit ihrer klaren und kräftigen Stimme einige Opernarien, die die Bewohner in ihren Bann zogen. Einige Bewohner schlossen ihre Augen und lauschten aufmerksam, während andere still und andächtig den Text mitsangen.

Nach der Aufführung bedankten sich die Bewohner und klatschten enthusiastisch. Sie waren überglücklich, dass sie einen so besonderen Abend erleben durften. Einige sprachen davon, wie die Musik sie wiederbelebt und ihre Erinnerungen an vergangene Zeiten aufgefrischt hatte. Es war ein wunderbarer Abend und die Bewohner freuten sich bereits auf das nächste musikalische Event.

Ein Tag voller Lachen

Es war ein sonniger Tag im Park und die Vögel zwitscherten fröhlich. Eine Gruppe von Senioren und Demenzkranken hatte sich zum Picknick verabredet. Die Stimmung war gelöst und ausgelassen, als plötzlich jemand anfing zu lachen. Es war Elsa, eine ältere Dame mit einer ansteckenden Lache.

Die anderen schlossen sich ihr an und bald klang das Lachen wie ein fröhliches Konzert. Die Gruppe erzählte sich Witze und Anekdoten und es schien, als würde jeder Witz noch witziger werden, je öfter er erzählt wurde.

Elsa begann, eine Geschichte aus ihrer Jugend zu erzählen, als sie als junge Frau auf einer Bergwanderung eine Kuhherde traf. Die Herde war sehr neugierig und folgte ihr und ihren Freunden den ganzen Weg. Die Gruppe hatte so viel Spaß mit den Tieren, dass sie beschlossen, ein Picknick mit der Herde zu machen.

Die anderen Senioren und Demenzkranken waren begeistert von Elsas Geschichte und begannen, ihre eigenen Erlebnisse zu teilen. Einer erzählte von einem Ausflug mit seinen Enkeln in den Zoo, ein anderer von einer lustigen Begebenheit im Supermarkt.

Die Stimmung war so fröhlich, dass die Zeit wie im Flug verging und die Gruppe beschloss, den Tag mit einem gemeinsamen Lied abzuschließen. Jeder suchte sich ein Instrument aus und sie spielten und sangen gemeinsam bekannte Lieder.

Als die Sonne langsam unterging, verabschiedete sich die Gruppe voneinander und jeder ging glücklich und mit einem Lächeln im Gesicht nach Hause. Es war ein Tag voller Lachen und Freude, den sie noch lange in Erinnerung behalten würden.

Ein Spaziergang durch den Herbstwald

Es war ein wunderschöner Tag im Herbst, als Anna und ihre Freundin Marie beschlossen, einen Spaziergang durch den Wald zu machen. Die Luft war frisch und kühl, und die Bäume leuchteten in den schönsten Farben. Anna und Marie zogen ihre Jacken an und machten sich auf den Weg.

Sie folgten dem schmalen Pfad, der sich zwischen den Bäumen hindurch schlängelte, und atmeten den frischen Duft von Herbstlaub und Tannennadeln ein. Es war so friedlich und ruhig im Wald, dass sie das Zwitschern der Vögel hören konnten.

Als sie weitergingen, kamen sie an einem Bach vorbei, der durch den Wald floss. Das Wasser war klar und kalt, und die Blätter auf dem Boden leuchteten in den schönsten Herbstfarben. Anna und Marie setzten sich auf eine Bank am Ufer des Baches und genossen die Schönheit der Natur um sie herum.

Doch plötzlich hörten sie ein Geräusch aus der Ferne. Es klang wie ein Hundebellen, aber als sie näherkamen, erkannten sie, dass es sich um ein Babykätzchen handelte. Das Kätzchen war in eine Schlinge geraten und hing kopfüber an einem Ast fest. Anna und Marie rannten sofort zu dem Kätzchen und befreiten es aus seiner misslichen Lage.

Das Kätzchen war so dankbar, dass es sich an ihre Füße kuschelte und schnurrte. Anna und Marie beschlossen, das Kätzchen mitzunehmen und ihm ein neues Zuhause zu geben.

Sie setzten ihren Spaziergang fort und genossen die Schönheit des Herbstwaldes. Das Kätzchen folgte ihnen auf Schritt und Tritt, und sie beschlossen, es nach dem Spaziergang mit nach Hause zu nehmen.

Als sie zurück zu Annas Haus kamen, war das Kätzchen glücklich und zufrieden. Es hatte ein neues Zuhause gefunden und eine neue Familie, die es liebte.

Anna und Marie beschlossen, diesen Tag als einen Tag volles Glück und Freude zu betrachten. Sie hatten die Schönheit der Natur genossen, ein kleines Kätzchen gerettet und sich gegenseitig das Lachen und die Freude gebracht.

Es war ein Tag, den sie nie vergessen würden, und sie freuten sich darauf, ihn mit anderen zu teilen und die Schönheit der Natur und die Freude an kleinen Dingen zu schätzen.

Eine leckere Kuchenbäckerei

Es war ein sonniger Tag im Herbst und die Luft war voller frischer, kühler Luft. Im Altenheim hatte sich eine Gruppe von Bewohnern zum gemeinsamen Kuchenbacken versammelt. Es sollte eine bunte Mischung aus verschiedenen Kuchen und Torten geben und jeder Bewohner sollte einen Beitrag leisten.

Eva, eine der Bewohnerinnen, hatte sich besonders darauf gefreut. Sie war schon immer eine begeisterte Bäckerin gewesen und hatte eine große Auswahl an Rezepten in ihrem Gedächtnis gespeichert. Sie hatte beschlossen, einen ihrer Lieblingskuchen zu backen, einen saftigen Karottenkuchen.

Während die Bewohner damit beschäftigt waren, ihre Zutaten und Utensilien zusammenzusuchen, war Eva schon mitten in der Arbeit. Sie hatte ihre Schürze angelegt und war dabei, die Karotten zu raspeln, als ihre Freundin Lisa hereinkam. Lisa war ein neues Mitglied der Gemeinschaft und hatte sich erst vor kurzem dem Altenheim angeschlossen. Sie hatte noch nicht viele Kontakte knüpfen können und freute sich, an der Kuchenbäckerei teilzunehmen.

"Was machst du denn da?", fragte Lisa und sah sich um.

"Ich backe meinen Karottenkuchen", sagte Eva stolz und reichte ihr ein Stück Karotte zum Probieren. "Magst du helfen?"

Lisa nickte begeistert und Eva gab ihr einen Schneebesen. Gemeinsam rührten sie den Teig und füllten ihn in eine Kuchenform. Während der Kuchen im Ofen backte, machten sich die beiden an die Dekoration. Sie schnitten Karotten aus Marzipan und legten sie auf den Kuchen, um ihm das gewisse Etwas zu verleihen.

Als alle Kuchen fertig waren, versammelten sich die Bewohner im Gemeinschaftsraum, um ihre Backkunst zu präsentieren. Es gab eine bunte Mischung aus Kuchen und Torten, von Schokoladenkuchen über Apfelkuchen bis hin zu Quarktorten. Die Bewohner probierten und genossen die verschiedenen Kreationen und tauschten Rezepte und Geschichten aus.

Eva war stolz auf ihren Karottenkuchen und erntete viel Lob von den anderen Bewohnern. Sie war glücklich, dass sie ihre Leidenschaft fürs Backen teilen und neue Freundschaften knüpfen konnte. Der Tag endete mit viel Gelächter, guten Gesprächen und natürlich einem leckeren Stück Kuchen.

Eine Weihnachtsfeier mit der Familie

Es war kurz vor Weihnachten und die Familie hatte beschlossen, eine große Feier zu veranstalten, um die Festtage gebührend zu feiern. Die Vorbereitungen waren in vollem Gange, es wurde gebacken, gekocht und dekoriert. Alle freuten sich auf das bevorstehende Fest.

Auch Oma und Opa waren dabei. Obwohl sie mittlerweile schon etwas älter waren, waren sie noch immer voller Energie und Lebensfreude. Sie halfen, wo sie konnten und brachten viele tolle Ideen ein. Besonders Oma hatte ein Händchen für die Dekoration und zauberte wunderschöne Weihnachtssterne und Schneeflocken aus Papier.

Am Tag der Feier herrschte eine ausgelassene Stimmung. Die Kinder tobten durch das Haus und alle freuten sich auf das bevorstehende Festessen. Doch bevor es soweit war, wurde gemeinsam gesungen und Geschichten erzählt. Opa hatte eine tolle

Idee und begann, auf seiner Gitarre zu spielen. Schnell stimmten alle mit ein und es wurde gemeinsam gesungen.

Als das Essen aufgetischt wurde, staunten alle nicht schlecht. Es gab Braten, Kartoffeln, Gemüse und als Krönung einen riesigen Weihnachtsbaumkuchen. Oma hatte ihn extra für die Feier gebacken und mit viel Liebe dekoriert.

Als es dunkel wurde, wurden die Lichter gelöscht und alle versammelten sich um den Weihnachtsbaum. Die Kinder hatten große Augen, als die Geschenke verteilt wurden. Aber auch die Erwachsenen freuten sich über ihre Geschenke und tauschten glückliche Blicke aus.

Die Feier dauerte bis spät in die Nacht hinein und alle waren glücklich und zufrieden. Oma und Opa waren überglücklich, dass sie an diesem besonderen Abend dabei sein konnten und genossen jeden Moment in vollen Zügen. Es war ein Weihnachtsfest, das alle in Erinnerung behalten würden. Ein Fest der Liebe, Freude und Glückseligkeit.

Eine glückliche Erinnerung

Es war ein sonniger Tag im Frühling, als Emma auf der Parkbank saß und in Erinnerungen schwelgte. Sie war schon eine Weile alleine und genoss die Stille und die frische Luft. Plötzlich hörte sie eine vertraute Stimme, die sie aus ihren Gedanken riss. Es war ihr Enkelsohn Max, der sie besuchen gekommen war. "Hallo Oma, wie geht es dir?", begrüßte er sie mit einem strahlenden Lächeln.

Emma war überglücklich ihn zu sehen und erzählte ihm von ihren Erinnerungen an ihre Jugend. Sie erzählte von ihrem ersten Tanz und ihrem ersten Kuss, von den Freunden, die sie im Laufe der Jahre verloren hatte, aber auch von den Freunden, die ihr bis heute treu geblieben sind.

Max hörte aufmerksam zu und erinnerte sich an die vielen glücklichen Stunden, die er mit seiner Oma verbracht hatte. Dann hatte er eine Idee. "Oma, warum malen wir nicht zusammen ein Bild von einem dieser glücklichen Momente?" Emma war begeistert von der Idee und gemeinsam gingen sie in das Atelier von Max.

Dort saßen sie an einer Staffelei und begannen zu malen. Emma malte einen Frühlingstag, an dem sie und ihr verstorbener Mann glücklich Hand in Hand spazieren gingen. Max malte ein Bild von sich und seiner Oma, wie sie gemeinsam Kuchen gebacken hatten.

Während sie malten, kamen immer mehr Erinnerungen hoch und sie lachten und sprachen über die vergangenen Jahre. Nach einigen Stunden waren die Bilder fertig. Sie standen nebeneinander und bewunderten ihre Werke.

Emma war so glücklich und dankbar für diesen besonderen Tag mit ihrem Enkel. Es war ein Tag voller Freude und Glück, an dem sie wunderschöne Erinnerungen geschaffen hatten, die sie für immer in ihrem Herzen tragen würden.

Eine Schatzsuche im Garten

Es war ein sonniger Tag im Frühling, als Emma und ihre Enkelkinder beschlossen, eine Schatzsuche im Garten zu machen. Emma hatte die Schatzkarte am Morgen vorbereitet und die Kinder waren aufgeregt, herauszufinden, was sie finden würden.

Die Schatzsuche begann an der alten Eiche im Garten, wo die Kinder einen Hinweis fanden, der sie zu einem versteckten Schlüssel führte. Der Schlüssel öffnete eine alte Truhe, die Emma viele Jahre zuvor vergraben hatte. In der Truhe fanden sie weitere Hinweise und eine Schatzkarte, die sie tiefer in den Garten führte.

Sie folgten den Hinweisen durch den Garten, unter Büschen und über Bäche, und fanden schließlich den Schatz versteckt unter einem Blumenbeet. Der Schatz bestand aus kleinen Spielzeugautos und Süßigkeiten, aber für die Kinder war es ein unvergessliches Erlebnis, den Schatz zu finden.

Emma war glücklich, dass sie ihren Enkelkindern einen solchen Tag bereiten konnte. Es war eine glückliche Erinnerung, die sie für immer in ihren Herzen tragen würden. Die Familie genoss später gemeinsam Kuchen und Tee und erzählte sich Geschichten über vergangene Schatzsuchen und Abenteuer.

Der Tag endete mit glücklichen Gesichtern und warmen Herzen, und Emma wusste, dass sie ihre Familie immer daran erinnern würde, wie wichtig es ist, Zeit miteinander zu verbringen und gemeinsam Erinnerungen zu schaffen.

Eine Expedition ins Tierreich

In einem Seniorenheim in der Nähe eines Waldes waren die Bewohner begeisterte Tierliebhaber. Eine Gruppe von ihnen, angeführt von Frau Müller, beschloss eines Tages, eine Expedition ins Tierreich zu unternehmen. Sie hatten viele Jahre lang Wildtiere in der Natur beobachtet und dachten, dass es eine großartige Idee wäre, ihre Erfahrungen mit den anderen Bewohnern des Heims zu teilen.

Sie planten sorgfältig ihre Route durch den Wald und besorgten sich eine Karte der Gegend. Sie stellten auch sicher, dass sie ausreichend Verpflegung und Getränke dabei hatten, da sie den ganzen Tag unterwegs sein würden. Sie packten ihre Ferngläser, Kameras und sogar einige Zeichenmaterialien ein, um ihre Entdeckungen festzuhalten.

Die Gruppe begann ihren Ausflug am frühen Morgen, und es dauerte nicht lange, bis sie die ersten Tiere entdeckten. Eine Gruppe von Eichhörnchen spielte im Laub und eine Herde von Rehen war in der Ferne zu sehen. Die Bewohner waren aufgeregt und konnten ihre

Begeisterung nicht verbergen, als sie ihre Kameras und Ferngläser herauszogen, um alles genau zu betrachten.

Als sie weiter in den Wald hinein wanderten, kamen sie an einem kleinen Bach vorbei, wo sie einen Wasserläufer beobachten konnten, der mühelos auf der Wasseroberfläche lief. Ein bunter Specht war in einem Baum in der Nähe zu hören. Die Gruppe setzte ihren Weg fort und entdeckte sogar einen Fuchs, der durch das Unterholz huschte.

Sie machten eine Pause und genossen ihre Verpflegung an einem malerischen Ort. Dabei erzählten sie Geschichten und tauschten ihre Beobachtungen aus. Einige Bewohner hatten die Idee, die Tiere zu zeichnen, die sie auf ihrer Expedition gesehen hatten. Also holten sie ihre Skizzenblöcke und Zeichenstifte hervor und begannen damit, die Tiere zu malen.

Die Gruppe kehrte schließlich zum Seniorenheim zurück, glücklich und erfüllt von neuen Erlebnissen und Eindrücken. Die Expedition ins Tierreich war ein großer Erfolg und alle Teilnehmer waren voller Freude über ihre Entdeckungen. Sie planten schon die nächste Expedition und waren voller Vorfreude auf das, was sie noch alles entdecken werden.

Eine Fahrt auf dem Heißluftballon

Maria ist eine ältere Dame, die schon immer davon geträumt hat, mit einem Heißluftballon zu fliegen. An ihrem 75. Geburtstag beschlossen ihre Enkelkinder, ihren Wunsch zu erfüllen und buchten eine Ballonfahrt für sie.

Maria war überglücklich und konnte es kaum erwarten, ihren Traum zu verwirklichen. Als der Tag der Ballonfahrt endlich gekommen war, trafen sie den Piloten am vereinbarten Treffpunkt. Der Pilot hieß Tim und war ein freundlicher Mann, der viele Jahre Erfahrung in der Ballonfahrt hatte.

Sie stiegen in den Korb und der Ballon stieg langsam in die Luft. Maria war verblüfft von der Schönheit der Landschaft und dem Gefühl der Freiheit. Sie sah Felder, Wälder und kleine Dörfer, die wie Spielzeugmodelle aussahen.

Tim erklärte ihnen die verschiedenen Bedienelemente des Ballons und wie er die Geschwindigkeit und die Richtung des Ballons kontrollierte. Er fragte Maria, ob sie auch einmal das Steuer übernehmen wollte. Maria zögerte zuerst, aber dann nahm sie all ihren Mut zusammen und lenkte den Ballon unter Tims Anleitung.

Es war ein unvergessliches Erlebnis für Maria und ihre Enkelkinder. Als sie schließlich wieder auf festem Boden landeten, lachten sie alle vor Freude und Erleichterung. Maria konnte nicht aufhören zu strahlen und bedankte sich immer wieder bei ihren Enkelkindern und Tim für diesen wundervollen Tag.

Dieser Tag wird immer in ihrer Erinnerung bleiben und ihnen ein Lächeln ins Gesicht zaubern, wenn sie daran zurückdenken. Es war eine unvergessliche Fahrt auf dem Heißluftballon und ein wahr gewordener Traum für Maria.

Eine Wanderung durch die Berge

Es war ein sonniger Tag im Spätsommer und Marie, eine rüstige Seniorin, beschloss spontan, eine Wanderung durch die Berge zu unternehmen. Schon lange hatte sie nicht mehr das Bedürfnis verspürt, sich in der Natur zu bewegen und die frische Bergluft zu atmen.

Sie packte einen Rucksack mit Proviant und machte sich auf den Weg. Es war eine Herausforderung für sie, aber sie fühlte sich lebendig und voller Tatendrang. Während sie langsam auf dem steinigen Pfad aufwärts kletterte, fühlte sie die wohltuende Wirkung der körperlichen Anstrengung auf ihre Seele.

Sie wanderte stundenlang und genoss die Aussicht auf die Berglandschaft. Schließlich erreichte sie den Gipfel und war überwältigt von der atemberaubenden Aussicht. Sie machte es sich auf einem Felsen bequem und holte ihr mitgebrachtes Mittagessen heraus. Während sie aß, erinnerte sie sich an vergangene Wanderungen und fühlte sich dankbar für die vielen schönen Erlebnisse in ihrem Leben.

Als sie sich auf den Rückweg machte, bemerkte sie plötzlich ein Kätzchen, das sich verlaufen hatte und auf einem Baum festsaß. Marie zögerte keine Sekunde und kletterte den Baum hoch, um das Kätzchen zu retten. Es war dankbar und kuschelte sich an sie, während sie den Abstieg fortsetzten.

Am Ende des Tages fühlte Marie sich glücklich und zufrieden. Die Wanderung hatte ihr gezeigt, dass es nie zu spät ist, neue Erfahrungen zu machen und dass man auch im Alter noch etwas bewegen kann. Sie kehrte mit einem breiten Lächeln und dem geretteten Kätzchen im Arm nach Hause zurück, bereit für neue Abenteuer.

Eine Bootsfahrt auf dem Fluss

Es war ein sonniger Tag im Spätsommer und das Wasser des Flusses glitzerte in der warmen Sonne. Emma und ihre Freunde saßen am Ufer und schauten auf das Wasser hinaus. "Ich wünschte, wir könnten eine Bootsfahrt machen", sagte Emma. "Das haben wir schon lange nicht mehr gemacht." Die anderen stimmten zu und so beschlossen sie, ein Boot zu mieten und den Fluss entlang zu fahren.

Emma und ihre Freunde waren alle Senioren und einige von ihnen hatten Schwierigkeiten, sich zu bewegen, aber das hinderte sie nicht daran, ihre Pläne in die Tat umzusetzen. Sie stiegen vorsichtig in das Boot und ließen sich von einem freundlichen jungen Mann abstoßen. Sie fuhren langsam den Fluss hinunter und genossen die frische Luft und die malerische Landschaft.

"Wie schön es hier ist", sagte Emma und schaute auf die bewaldeten Ufer. "Es ist wie eine Reise in die Vergangenheit." Die anderen stimmten zu und begannen, Erinnerungen aus vergangenen Tagen zu teilen. Sie erzählten von ihren eigenen Bootsfahrten, von den Reisen, die sie in ihrer Jugend unternommen hatten, und von den Abenteuern, die sie gemeinsam erlebt hatten.

Die Zeit verging schnell und bald war es Zeit, zum Ufer zurückzukehren. Der junge Mann half ihnen, aus dem Boot zu steigen und sie bedankten sich bei ihm für die wundervolle Fahrt. "Wir sollten das öfter machen", sagte Emma und lächelte. "Es war so eine schöne Erfahrung." Die anderen nickten zustimmend und gingen langsam zurück zu ihrem Auto.

Als sie zurückfuhren, schwelgten sie immer noch in Erinnerungen an ihre gemeinsame Bootsfahrt. Sie waren alle glücklich und zufrieden, und es fühlte sich an, als hätten sie etwas Wunderbares miteinander geteilt. Es war eine Erfahrung, die sie niemals vergessen würden und die ihnen noch lange Freude bereiten würde.

Eine Entdeckungsreise in die Natur

Es war ein sonniger Tag im Frühling, als Emma und ihre Enkelin Mia beschlossen, eine Entdeckungsreise in die Natur zu unternehmen. Emma liebte es, Zeit in der Natur zu verbringen, und sie freute sich darauf, ihre Enkelin an ihrer Liebe zur Natur teilhaben zu lassen.

Sie packten ein Picknick und machten sich auf den Weg zu einem nahe gelegenen Wald. Emma hatte die Wanderung gut geplant und sie führte Mia auf verschiedenen Wegen, damit sie die

Vielfalt der Natur erleben konnte. Sie bewunderten Blumen, Sträucher und Bäume und beobachteten Vögel und Schmetterlinge.

Nach einer Weile kamen sie an einem Bach an und Emma zeigte Mia, wie man kleine Fische mit einem Kescher fängt. Mia hatte so viel Spaß dabei, dass sie fast vergaß, dass es Zeit für das Picknick war. Sie setzten sich auf eine Decke, die Emma mitgebracht hatte, und genossen den Blick auf die Natur, während sie ihre Sandwiches und Obst aßen.

Nach dem Essen beschlossen sie, weiterzugehen und bald kamen sie an eine Lichtung mit einem kleinen Teich. Hier gab es viele Frösche, und Emma zeigte Mia, wie man ihre Geräusche nachahmt. Mia lachte und versuchte es auch, bis sie beide vor Erschöpfung lachend auf dem Boden saßen.

Als sie schließlich den Wald verließen und zurück zum Auto gingen, waren ihre Gesichter glücklich und ihre Herzen voller Freude. Emma wusste, dass sie einen unvergesslichen Tag mit ihrer Enkelin hatte und dass sie ihr auch etwas über die Natur beibringen konnte.

Auf dem Heimweg erzählte Mia ihrer Mutter von dem aufregenden Tag, den sie mit ihrer Großmutter verbracht hatte, und Emma lächelte stolz. Sie wusste, dass sie ihre Liebe zur Natur an die nächste Generation weitergegeben hatte und dass sie immer eine besondere Bindung zu ihrer Enkelin haben würde.

Eine Fahrt auf der historischen Eisenbahn

Es war ein sonniger Tag im Herbst, als die Gruppe von Senioren und Demenzkranken sich für eine Fahrt auf der historischen Eisenbahn bereit machte. Die Vorfreude auf das Abenteuer war spürbar in der Luft, als sie sich auf den Weg zum Bahnhof machten.

Die älteren Herrschaften in ihren schicken Anzügen und Hüten, und die Damen in ihren eleganten Kleidern und Hüten, erinnerten an eine andere Zeit. Die jüngeren Betreuer, die für die Sicherheit und den Komfort der Reisenden sorgten, waren auch aufgeregt für die bevorstehende Fahrt.

Als die historische Dampflok endlich ankam, stieg die Aufregung ins Unermessliche. Die Senioren und Demenzkranken wurden in ihre Sitzplätze geleitet und die Dampflok begann, langsam zu pfeifen und sich in Bewegung zu setzen.

Die Fahrt führte durch malerische Landschaften, vorbei an Feldern und Wäldern. Die Passagiere genossen die frische Luft und die sanfte Bewegung des Zuges. Einige erzählten Geschichten von früheren Zugfahrten und anderen Abenteuern, während andere einfach die Aussicht genossen und in Gedanken versanken.

Nach einer Weile erreichte der Zug eine alte, verlassene Station. Die Betreuer luden die Passagiere aus dem Zug und führten sie zu einem Pavillon, der für sie vorbereitet worden war. Hier gab es ein reichhaltiges Buffet mit Leckereien aus vergangenen Zeiten. Es gab Törtchen, Sandwiches, Käse, Wurst, Obst und natürlich Tee.

Die Passagiere waren begeistert von der liebevollen Gestaltung und dem köstlichen Essen. Es gab viel zu lachen und zu erzählen, während sie den Moment genossen und die Umgebung auf sich wirken ließen.

Schließlich kehrte der Zug zurück und die Passagiere nahmen ihre Plätze wieder ein. Während der Rückfahrt gab es Live-Musik im Waggon, die zum Mitsingen und Klatschen einlud.

Die Fahrt endete am Bahnhof, aber die Erinnerungen an diese unvergessliche Erfahrung blieben noch lange bei den Passagieren. Sie sprachen noch lange über die Schönheit der Landschaft, die köstlichen Speisen und die gemütliche Atmosphäre auf der historischen Eisenbahn.

Es war eine Reise, die alle in Glück und Freude versetzt hatte. Die Passagiere waren dankbar für die Gelegenheit, eine vergangene Ära auf eine so besondere Art und Weise zu erleben.

Eine Expedition ins Weltall

Die Demenzkranke und Senioren hatten sich schon lange darauf gefreut, ins Weltall zu reisen. Die Expedition ins Weltall war das Highlight des Jahres und alle waren aufgeregt, als sie sich für die Reise bereit machten.

Sie wurden von einem freundlichen Team von Astronauten und Wissenschaftlern betreut, die dafür sorgten, dass jeder sicher und glücklich war. Die Passagiere wurden in Raumanzüge gekleidet und bekamen eine kurze Einweisung, bevor sie sich in den Raumschiff begaben.

Die Expedition begann mit einer sanften Beschleunigung, während die Passagiere aus den Fenstern schauten und die Erde immer kleiner wurde. Sie konnten nicht glauben, dass sie wirklich ins Weltall reisten. Die Spannung und Aufregung war spürbar in der Luft.

Nach einigen Stunden erreichte das Raumschiff schließlich das Ziel - den Mond. Die Passagiere waren erstaunt von der Schönheit des Mondes. Sie stiegen aus dem Raumschiff und begannen, die Mondoberfläche zu erkunden. Die Astronauten erklärten ihnen die verschiedenen Krater und Felsen und halfen ihnen, sich auf der Oberfläche zu bewegen.

Die Passagiere waren fasziniert von der Schwerelosigkeit und dem Gefühl der Freiheit im Weltall. Sie fühlten sich jung und lebendig wie nie zuvor. Einige erinnerten sich an die Zeit, als sie Kinder waren und davon träumten, ins Weltall zu reisen.

Nach einiger Zeit kehrten sie zum Raumschiff zurück und machten sich bereit für die Rückreise zur Erde. Während der Fahrt gab es eine Feier mit Essen und Musik. Die Passagiere tanzten und sangen und genossen die Gesellschaft der Astronauten und Wissenschaftler.

Schließlich landete das Raumschiff sicher auf der Erde und die Passagiere wurden von ihren Familien und Freunden begrüßt. Sie hatten eine unglaubliche Erfahrung gemacht, die sie nie vergessen würden. Die Expedition ins Weltall hatte ihnen gezeigt, dass es nie zu spät ist, Träume zu verwirklichen und dass das Alter kein Hindernis für Abenteuer und Entdeckungen darstellt.

Die Demenzkranke und Senioren waren dankbar für die Gelegenheit, das Weltall zu erkunden und neue Freunde zu finden. Sie hatten Glück und Freude erlebt und sich wieder wie Kinder gefühlt. Es war ein unvergessliches Erlebnis, das sie noch lange begleiten würde.

Eine Reise durch die Zeit

Es war ein sonniger Tag im Altenheim, als die Demenzkranke und Senioren sich auf eine Reise durch die Zeit begaben. Sie hatten sich schon seit Wochen auf diesen Tag vorbereitet und waren voller Vorfreude auf das Abenteuer, das sie erwartete.

Die Reise begann in einem alten Klassenzimmer, das wie aus der Zeit gefallen schien. Die Wände waren mit Schiefertafeln und Bildern aus vergangenen Jahrzehnten geschmückt. Die Passagiere setzten sich an die alten Schulbänke und stellten sich vor, sie seien wieder Schülerinnen und Schüler.

Plötzlich wurde es dunkel und die Wände begannen zu leuchten. Ein greller Blitz durchzuckte den Raum und die Passagiere wurden zurück in die Vergangenheit befördert. Sie befanden sich plötzlich in einer anderen Zeit - der Zeit ihrer Kindheit und Jugend.

Sie durchstreiften die Straßen einer alten Stadt und sahen vertraute Gesichter, die sie seit Jahren nicht mehr gesehen hatten. Sie erlebten die Mode, die Musik und die Kultur ihrer Jugendzeit aufs Neue.

Sie besuchten alte Kinos und Tanzsäle und fühlten sich wieder jung und lebendig. Sie schwelgten in Erinnerungen an vergangene Zeiten und teilten ihre Geschichten mit den anderen Passagieren.

Sie reisten durch die Jahrzehnte und sahen, wie sich die Welt um sie herum veränderte. Sie sahen, wie sich Technologie und Wissenschaft weiterentwickelten und wie die Gesellschaft sich veränderte.

Als die Reise zu Ende ging und sie zurück in das Altenheim zurückkehrten, waren sie voller Freude und Dankbarkeit. Sie hatten das Gefühl, eine Zeitreise gemacht zu haben und waren froh, dass sie diese Erfahrung teilen konnten.

Sie hatten eine Erinnerung geschaffen, die ihnen ein Leben lang erhalten bleiben würde. Eine Erinnerung an die Zeit, als sie jung waren und die Welt noch vor ihnen lag. Eine Erinnerung, die ihnen zeigte, dass das Leben voller Abenteuer und Entdeckungen ist, egal wie alt man ist.

Ein Tag im Freizeitpark

Es war ein sonniger Tag im Freizeitpark und die Demenzkranke und Senioren waren aufgeregt, als sie durch das Eingangstor gingen. Der Duft von gebrannten Mandeln und Popcorn lag in der Luft und die Geräusche von Kindern, die lachten und schrien, erfüllten den Park.

Die Gruppe begann ihren Tag mit einer Fahrt auf dem Riesenrad, das sie in die Höhe hob und ihnen einen atemberaubenden Blick auf den Park und die Umgebung bot. Die Passagiere lachten und scherzten miteinander und genossen die frische Luft und den Nervenkitzel der Fahrt.

Als nächstes gingen sie zu den Karussells und Achterbahnen, wo sie sich wie Kinder fühlten und ihre Ängste überwanden. Einige von ihnen probierten sogar die schnellste und höchste Achterbahn des Parks aus und waren stolz darauf, ihre Grenzen überwunden zu haben.

Sie genossen auch die ruhigeren Attraktionen, wie die Bootsfahrt und das Riesenlabyrinth, wo sie ihre Sinne und ihr Gedächtnis auf die Probe stellten.

Mittagspause wurde in einem der Parkrestaurants gemacht, wo sie sich mit leckeren Pommes Frites und Hamburger stärkten. Dabei erzählten sie sich Geschichten aus ihrem Leben und teilten ihre Erinnerungen an vergangene Abenteuer.

Am Nachmittag genossen sie die Live-Shows und die Straßenkünstler, die den Park bevölkerten. Sie hörten Musik und tanzten miteinander und genossen die Freiheit und Unbeschwertheit des Tages.

Als der Tag sich dem Ende neigte und der Park langsam leerer wurde, machten sie sich auf den Weg zurück zum Eingang. Sie waren müde, aber glücklich und zufrieden mit dem Tag, den sie gemeinsam verbracht hatten.

Sie erinnerten sich daran, dass das Leben nicht vorbei ist, nur weil man älter wird. Sie hatten gezeigt, dass man auch in fortgeschrittenem Alter noch Spaß haben und Abenteuer erleben kann.

Als sie im Bus zurück zum Altenheim saßen, freuten sie sich schon auf ihren nächsten Ausflug und planten bereits, welche Abenteuer sie als nächstes erleben würden.

Eine Überraschung zum Valentinstag

Es war der Tag vor dem Valentinstag und die Bewohner des Altenheims freuten sich auf das bevorstehende Fest der Liebe. Die

Mitarbeiter des Heims hatten beschlossen, ihnen eine besondere Überraschung zu bereiten und hatten eine kleine Feier geplant.

Am Morgen des Valentinstags klopfte es an den Türen der Bewohner und sie wurden von den Mitarbeitern in ihren schönsten Kleidern abgeholt und in den Gemeinschaftsraum gebracht. Dort wartete eine Überraschung auf sie: Eine Band spielte romantische Musik, und es gab Tische voller leckerer Schokolade, Kekse und Kuchen.

Die Bewohner wurden eingeladen, sich hinzusetzen und zu genießen, während die Mitarbeiter ihnen ein Glas Sekt anboten. Einige der Senioren waren skeptisch, aber schließlich stimmten sie zu und stießen mit ihren Gläsern auf die Liebe an.

Nachdem sie genug gegessen und getrunken hatten, begannen die Mitarbeiter, Geschenke zu verteilen. Jeder Bewohner erhielt eine Karte mit einer persönlichen Nachricht und ein kleines Geschenk. Einige bekamen Blumen, andere Schmuck oder eine Schachtel Pralinen.

Als nächstes gab es eine Überraschung: Ein Besuch von einer lokalen Grundschule, deren Schüler Valentinskarten für die Bewohner gebastelt hatten. Die Kinder verteilten die Karten und sangen ein Lied, das sie eigens für diesen Tag einstudiert hatten. Die Bewohner strahlten vor Freude und einige fingen sogar an zu weinen.

Nach der Aufführung gab es ein gemeinsames Essen, bei dem die Bewohner und die Mitarbeiter zusammen saßen und lachten. Sie tauschten Geschichten aus und teilten ihre Erinnerungen an vergangene Valentinstage.

Als der Abend sich dem Ende zuneigte und die Bewohner zurück in ihre Zimmer gebracht wurden, waren sie dankbar für diesen besonderen Tag. Sie fühlten sich geliebt und geschätzt und wussten, dass sie auch im hohen Alter noch etwas Besonderes waren.

Die Mitarbeiter des Altenheims fühlten sich glücklich und erfüllt, dass sie ihren Bewohnern diesen Tag bereiten konnten. Sie wussten, dass es die kleinen Dinge waren, die den Menschen Freude bereiten konnten, und dass die Liebe keine Altersgrenze kennt.

Ein Picknick zu zweit

Es war ein schöner sonniger Tag und die Bewohner des Altenheims waren draußen im Garten. Sie spielten Karten, machten Spaziergänge oder saßen einfach nur in der Sonne. Eine Gruppe von Mitarbeitern hatte beschlossen, etwas Besonderes für zwei Bewohner zu organisieren, die sich besonders gut verstanden: Martha und Klaus.

Martha und Klaus hatten sich vor ein paar Monaten kennengelernt und seitdem eine enge Freundschaft aufgebaut. Sie teilten viele Interessen und verbrachten viel Zeit miteinander. Die Mitarbeiter hatten beschlossen, ihnen eine besondere Überraschung zu bereiten: Ein Picknick zu zweit.

Sie bereiteten alles vor und luden Martha und Klaus ein, am Nachmittag gemeinsam zu picknicken. Sie wurden zum Garten geführt, wo ein wunderschönes Picknick-Set auf einer Decke auf sie wartete. Es gab Sandwiches, Obst, Kuchen und Tee, alles liebevoll vorbereitet und hübsch angerichtet.

Martha und Klaus saßen zusammen und genossen das Essen und die schöne Atmosphäre. Sie unterhielten sich über ihre Lieblingsthemen und tauschten Geschichten aus. Die Sonne schien warm auf ihre Gesichter und sie fühlten sich wie in einem Traum.

Als das Picknick zu Ende war, brachten die Mitarbeiter sie zurück ins Haus und sagten ihnen, dass sie noch eine Überraschung für sie hätten. Sie führten sie zu einem Raum, der mit Ballons und

Girlanden geschmückt war. Dort erwartete sie ein kleines Konzert mit einem Gitarristen und einem Sänger, der ihre Lieblingslieder spielte.

Martha und Klaus waren glücklich und berührten von der Aufmerksamkeit, die ihnen entgegengebracht wurde. Sie fühlten sich jung und frei wie in ihren jungen Jahren. Sie sangen und tanzten und vergaßen für einen Moment all ihre Sorgen und Probleme.

Als der Abend sich dem Ende zuneigte, wurden sie von den Mitarbeitern zurück in ihre Zimmer gebracht. Sie schliefen ein mit einem Lächeln auf dem Gesicht und dem Wissen, dass sie eine besondere Freundschaft und schöne Erinnerungen hatten, die sie für immer miteinander verbinden würden.

Ein Spaziergang am Abend

Es war ein schöner Abend im Frühling, die Sonne war gerade untergegangen und der Himmel färbte sich langsam rot und orange. Eine Gruppe von Bewohnern des Altenheims und ihre Betreuerin machten sich auf den Weg zu einem Spaziergang durch den nahegelegenen Park. Die Luft war frisch und es roch nach frisch gemähtem Gras und Blumen.

Die Bewohner waren aufgeregt und freuten sich darauf, den Abend gemeinsam zu verbringen. Sie gingen langsam, genossen die Landschaft und hielten inne, um die Geräusche der Natur zu hören. Die Betreuerin erzählte Geschichten und erklärte die verschiedenen Pflanzen und Bäume, die sie auf ihrem Weg passierten.

Sie kamen an einem kleinen See an und setzten sich auf eine Bank am Ufer. Sie beobachteten die Enten und Schwäne und hörten den Gesang der Vögel. Es war ein friedlicher Moment, der alle verzauberte.

Die Betreuerin hatte auch etwas Besonderes geplant: Sie hatte eine kleine Tasche dabei, gefüllt mit Snacks und Getränken. Sie verteilte die Leckereien an die Bewohner und sie begannen, sich zu unterhalten und zu lachen. Die Betreuerin stellte auch einige Spiele und Rätsel vor, die sie gemeinsam lösen konnten.

Die Gruppe setzte ihren Spaziergang fort und kam schließlich an einem Platz an, wo sie eine kleine Überraschung erwartete: Ein Live-Konzert mit klassischer Musik, gespielt von einigen talentierten jungen Musikern.

Die Bewohner ließen sich auf den Bänken nieder und lauschten der Musik. Einige summten mit, andere schlossen die Augen und ließen sich von den Klängen berieseln. Es war ein magischer Moment, der für alle unvergesslich bleiben würde.

Der Spaziergang am Abend endete schließlich, als die Sonne vollständig untergegangen war und es dunkel wurde. Die Gruppe kehrte zum Altenheim zurück, glücklich und dankbar für diesen besonderen Abend. Sie wussten, dass sie sich immer an diesen Moment erinnern würden, und dass es auch in ihrem Alter noch möglich war, das Leben zu genießen und wundervolle Erlebnisse zu haben.

Eine Fahrt in die Stadt der Liebe

Es war ein sonniger Tag im Frühling, als eine Gruppe von Bewohnern des Altenheims eine besondere Reise vor sich hatte: eine Fahrt in die Stadt der Liebe - Paris. Die Bewohner waren aufgeregt und voller Vorfreude, als sie in den Bus stiegen und sich auf den Weg machten.

Unterwegs konnte man die Landschaft genießen und die Betreuerin erzählte Geschichten über die Orte, die sie passierten. Die Bewohner unterhielten sich miteinander und teilten ihre Erinnerungen an vergangene Reisen und Abenteuer.

Schließlich erreichte der Bus Paris und die Gruppe begann ihre Erkundungstour durch die Stadt. Die Betreuerin hatte eine spezielle

Route geplant, die alle wichtigen Sehenswürdigkeiten der Stadt umfasste. Zuerst besuchten sie den Eiffelturm und die Bewohner staunten über die Höhe und die Architektur des Turms.

Danach ging es weiter zum Louvre-Museum, wo die Bewohner die berühmte Mona Lisa bewunderten und sich von den anderen Meisterwerken der Kunst begeistern ließen. Die Betreuerin hatte auch eine kleine Überraschung vorbereitet: eine private Führung durch das Museum, bei der sie mehr über die Geschichte der Kunst und der Künstler erfuhren.

Nach dem Museum besuchte die Gruppe die Kathedrale Notre-Dame und bewunderte ihre gotische Architektur und ihre Geschichte. Sie besuchten auch den Arc de Triomphe und den Champs-Elysées, wo sie sich in den Boutiquen und Cafés vergnügten.

Zum Mittagessen machte die Gruppe eine Pause und genoss typische französische Gerichte wie Croissants, Baguette und Käse. Die Bewohner genossen die französische Küche und tauschten ihre Erfahrungen aus.

Am Nachmittag fuhr die Gruppe mit einem Boot auf der Seine und genoss die Aussicht auf die Stadt vom Wasser aus. Sie bewunderten die verschiedenen Brücken und Gebäude, die an ihnen vorbeizogen, und lauschten den Geschichten der Betreuerin über die Geschichte der Stadt.

Der Tag in der Stadt der Liebe endete mit einem Abendessen in einem typischen Pariser Bistro. Die Bewohner genossen das Essen und tranken einen guten Wein, während sie sich über ihre Erlebnisse und Erfahrungen austauschten.

Die Gruppe fuhr zurück ins Altenheim, müde aber glücklich und dankbar für diesen besonderen Tag in Paris. Sie wussten, dass sie immer an diesen Tag zurückdenken würden und dass sie in ihrem

Alter noch in der Lage waren, wunderbare Erlebnisse und Abenteuer zu erleben.

Eine Verlobung im Park

Es war ein sonniger Frühlingstag im Park. Die Vögel zwitscherten fröhlich und die Blumen blühten in voller Pracht. Das perfekte Setting für eine Verlobung.

Emma und Max waren seit Jahren ein Paar und hatten schon viele Abenteuer miteinander erlebt. Heute hatte Max einen besonderen Plan für den Tag: Er wollte Emma einen Heiratsantrag machen.

Sie gingen Hand in Hand durch den Park, bis Max plötzlich stehen blieb. Er holte tief Luft und begann zu sprechen: "Emma, du bist das Beste, was mir je passiert ist. Du machst mich jeden Tag glücklicher und ich möchte den Rest meines Lebens mit dir verbringen. Willst du mich heiraten?"

Emma war überwältigt von der Frage und Tränen kamen ihr in die Augen. Sie nickte und fiel Max in die Arme.

Sie hatten eine Decke und einen Picknickkorb dabei und setzten sich unter einen Baum im Park. Sie genossen die Sonne, das Essen und die Gesellschaft des anderen.

Sie verbrachten den ganzen Nachmittag im Park und planten ihre Zukunft zusammen. Es war der perfekte Tag und sie wussten, dass sie für immer zusammen sein würden.

Als die Sonne unterging, standen sie auf und gingen Hand in Hand nach Hause, bereit für ihr neues Kapitel im Leben.

Eine Hochzeit im Garten

Es war ein sonniger Tag im Sommer und der Garten war voller Blumen in allen Farben des Regenbogens. Die Bäume spendeten Schatten und eine leichte Brise wehte durch die Luft. Ein perfekter Tag für eine Hochzeit im Freien.

Johanna und Peter hatten sich im Alter von 70 Jahren kennengelernt und waren seitdem unzertrennlich. Heute war ihr großer Tag und sie freuten sich auf ihre Hochzeit im Garten.

Die Gäste trafen langsam ein und es gab viele Umarmungen und freudige Gesichter. Das Brautpaar stand vor einem Bogen aus Blumen und wartete auf den Beginn der Zeremonie.

Als die Musik begann, schritten Johanna und Peter langsam den Gang entlang. Johanna trug ein weißes Kleid mit einem Strauß von bunten Blumen und Peter hatte einen Anzug in der Farbe des Meeres an.

Die Zeremonie war kurz, aber sehr emotional. Johanna und Peter tauschten ihre Gelübde aus und gaben sich gegenseitig die Ringe. Es gab viele Tränen der Freude und der Zufriedenheit bei den Gästen, die glücklich waren, die beiden in diesem Moment begleiten zu dürfen.

Nach der Zeremonie gab es eine festliche Mahlzeit im Garten unter einer großen Zeltüberdachung. Das Essen war köstlich und die Gäste sprachen über die Liebe und das Leben. Es gab auch eine Tanzfläche und alle waren bereit, den Abend mit Musik und Tanz zu verbringen.

Die Sonne begann langsam zu untergehen und der Himmel färbte sich orange und pink. Es war ein perfekter Tag für Johanna und Peter, die ihre Liebe mit Freunden und Familie im Garten feierten.

Als die Feier sich dem Ende neigte, gaben Johanna und Peter sich einen Kuss unter dem Blumenbogen und gingen Hand in Hand zurück in ihr Zuhause. Es war ein unvergesslicher Tag voller Freude und Liebe, den sie für immer in ihren Herzen tragen würden.

Eine Liebesgeschichte aus vergangenen Zeiten

Es war ein sonniger Nachmittag, als Emma sich auf den Weg zum Antiquariat in der Innenstadt machte. Sie hatte sich vorgenommen, ein altes Buch zu finden, das ihre Großmutter immer geliebt hatte und von dem sie oft erzählt hatte. Emma hatte es noch nie gelesen, aber sie wollte es nun endlich in die Hand nehmen und selbst in die Geschichte eintauchen.

Im Antiquariat angekommen, durchsuchte Emma die Regale und stieß schließlich auf ein altes Buch mit dem Titel "Die Liebe in vergangenen Zeiten". Es hatte einen ungewöhnlichen Einband und war offensichtlich schon oft gelesen worden. Emma nahm das Buch vorsichtig in die Hand und begann darin zu blättern. Die Seiten waren vergilbt, aber der Duft von altem Papier und Tinte stimmte sie glücklich.

Emma kaufte das Buch und machte sich auf den Heimweg. Als sie in ihrem Zimmer saß, begann sie zu lesen und wurde sofort in die Geschichte hineingezogen. Es handelte von einer jungen Frau namens Alice, die im 19. Jahrhundert lebte und sich in einen jungen Mann namens Edward verliebte, der in der Fabrik ihres Vaters arbeitete.

Die Geschichte war voller Intrigen und Hindernisse, aber trotz allem kämpfte das Paar für ihre Liebe. Sie erlebten gemeinsam viele Abenteuer und schließlich wurden sie nach vielen Höhen und Tiefen vereint.

Emma konnte das Buch nicht aus der Hand legen. Sie war von der Geschichte so gefesselt, dass sie sich wie Alice und Edward fühlte und mit ihnen lachte und weinte. Sie wusste, dass es eine Liebesgeschichte aus vergangenen Zeiten war, aber sie konnte sich nicht vorstellen, dass es jemals eine so starke Liebe wie diese gab.

Als Emma das Buch beendet hatte, fühlte sie sich glücklich und erfüllt. Sie wusste, dass diese Geschichte für immer in ihrem Herzen bleiben würde und dass sie sich immer an die bedingungslose Liebe von Alice und Edward erinnern würde. Es war eine Geschichte, die für immer weitergehen würde, auch wenn das Buch längst geschlossen war.

Eine gemeinsame Bootsfahrt

Es war ein sonniger Tag im Sommer, als Anne und ihr Ehemann Peter beschlossen, eine gemeinsame Bootsfahrt zu machen. Sie hatten schon lange nicht mehr Zeit alleine miteinander verbracht und freuten sich auf einen entspannten Tag auf dem Wasser. Sie packten ein Picknick und machten sich auf den Weg zum See.

Als sie das Boot erreichten, half Peter Anne hinein und sie machten es sich auf den weichen Kissen bequem. Sie ließen die ruhigen Gewässer auf sich wirken und genossen den Ausblick auf die grüne Landschaft am Ufer. Sie erinnerten sich an all die gemeinsamen Abenteuer, die sie in ihrer langen Ehe erlebt hatten.

Während sie langsam den See entlangfuhren, bemerkten sie eine Gruppe von Enten, die neben ihnen schwammen. Peter fing an, sie mit Brotkrumen zu füttern, und Anne lachte, als die Enten sich auf das Futter stürzten. Sie genossen das friedliche Gefühl, das die Natur ihnen schenkte.

Als sie sich dem Ende des Sees näherten, bemerkte Anne, dass das Wetter umgeschlagen hatte. Dunkle Wolken zogen auf und ein Wind begann aufzukommen. Peter erkannte, dass es Zeit war, umzukehren und zurück zum Ufer zu fahren.

Aber plötzlich geriet das Boot in eine heftige Welle und Anne wurde unruhig. Peter beruhigte sie jedoch, indem er ihr erklärte, dass sie in solchen Situationen einfach ruhig bleiben müssten. Er steuerte das Boot vorsichtig durch die Wellen und brachte sie sicher zurück an Land.

Als sie das Boot verließen, fiel ihnen ein Stein vom Herzen. Sie spürten, wie ihre Bindung zueinander gestärkt worden war und wie wichtig es war, Zeit miteinander zu verbringen. Sie umarmten sich und gingen glücklich zurück zum Auto, bereit für das nächste Abenteuer, das auf sie wartete.

Am Ende des Tages wussten Anne und Peter, dass sie diese Bootsfahrt immer in Erinnerung behalten würden. Es war ein Tag voller Ruhe, Schönheit und vor allem, voller Liebe.

Eine romantische Zugfahrt

Es war ein sonniger Tag im Frühling, als sich Anna und Max auf den Weg zum Bahnhof machten. Sie hatten beschlossen, eine romantische Zugfahrt zu machen und die Schönheit der Landschaft zu genießen. Max hatte eine besondere Überraschung für Anna geplant, die er erst im Zug verraten würde.

Als der Zug langsam in den Bahnhof einfuhr, stiegen Anna und Max ein und fanden ihre reservierten Plätze im romantisch dekorierten Waggon. Der Zug setzte sich langsam in Bewegung und Max begann, Anna zu erzählen, wie sehr er sie liebte und wie viel sie ihm bedeutete. Anna strahlte vor Glück und konnte es kaum erwarten, herauszufinden, was Max für sie geplant hatte.

Als der Zug durch die malerische Landschaft fuhr, hielt er plötzlich an einer wunderschönen Stelle mit Blick auf den See an. Max führte Anna aus dem Zug und zeigte ihr eine große Überraschung - ein Picknick auf einer Decke mit Blick auf den See, umgeben von herrlichen Blumen und wunderschöner Natur. Anna war überwältigt und konnte nicht anders, als Max zu umarmen und ihm zu sagen, wie sehr sie ihn liebte.

Sie genossen das köstliche Essen und genossen die Stille und Schönheit der Natur. Der Duft von frischen Blumen und der Klang des Wassers füllten ihre Sinne und sie fühlten sich wie in einem

Traum. Nachdem sie das Picknick beendet hatten, stiegen sie wieder in den Zug ein und setzten ihre Reise fort.

Während der Fahrt genossen sie die Landschaft und erzählten sich Geschichten über ihre Vergangenheit. Sie erinnerten sich an die Zeiten, als sie sich kennengelernt hatten und wie ihre Liebe im Laufe der Jahre gewachsen war. Als der Zug schließlich am Zielbahnhof ankam, wussten Anna und Max, dass dieser Tag einer der besten in ihrem Leben war.

Sie waren dankbar für die Erinnerungen und die Liebe, die sie miteinander teilen konnten. Zusammen genossen sie den restlichen Abend in einer romantischen Atmosphäre und wussten, dass ihre Liebe für immer halten würde.

Ein gemeinsames Konzert

Lena war schon immer ein großer Fan von klassischer Musik. Als sie in der Zeitung las, dass in ihrer Stadt ein Konzert mit ihrem Lieblingsorchester stattfinden würde, wusste sie, dass sie unbedingt hingehen musste. Sie hatte jedoch niemanden, mit dem sie das Konzert besuchen konnte. Also beschloss sie, eine Anzeige in der Zeitung aufzugeben, um jemanden zu finden, der mit ihr gehen würde.

Es dauerte nicht lange, bis sie eine Antwort erhielt. Ein Mann namens Karl hatte ihre Anzeige gesehen und schrieb ihr einen Brief. Er war ebenfalls ein großer Fan klassischer Musik und würde gerne mit Lena das Konzert besuchen. Die beiden verabredeten sich für den Abend des Konzerts.

Als Lena und Karl im Konzertsaal ankamen, waren sie beide aufgeregt. Die Musik begann und sie wurden von den Klängen mitgerissen. Die beiden fühlten sich, als ob sie auf einer Reise durch die Zeit und durch verschiedene Kulturen waren. Es war ein unglaubliches Erlebnis, das sie noch lange in Erinnerung behalten würden.

Nach dem Konzert gingen Lena und Karl noch in ein nahegelegenes Café. Sie unterhielten sich über ihre Lieblingsstücke und diskutierten, wie die Musik sie beeinflusst hatte. Lena war so glücklich, dass sie Karl getroffen hatte und dass sie dieses Erlebnis miteinander teilen konnten.

In den nächsten Wochen trafen sie sich öfter und besuchten gemeinsam weitere Konzerte. Lena hatte das Gefühl, dass sie endlich jemanden gefunden hatte, der ihre Liebe zur klassischen Musik teilen konnte und mit dem sie ihre Leidenschaft teilen konnte.

An diesem Abend hatte Lena nicht nur das Konzert genossen, sondern auch die Gesellschaft von Karl. Es war ein wunderbarer Abend, an den sie sich immer wieder gerne erinnerte und der sie daran erinnerte, dass es nie zu spät ist, neue Freundschaften zu schließen und neue Abenteuer zu erleben.

Eine Verwechslung im Supermarkt

Es war ein sonniger Tag im Frühling, als Maria zum Supermarkt ging, um ein paar Einkäufe zu erledigen. Sie liebte es, in diesem Supermarkt einzukaufen, weil er so groß war und alles hatte, was man sich vorstellen konnte. Doch an diesem Tag sollte alles anders kommen als erwartet.

Als Maria durch die Gänge schlenderte, sah sie plötzlich eine ältere Dame, die aussah wie ihre Schwester Anna. Maria konnte es nicht glauben - Anna war vor einigen Jahren gestorben. Maria näherte sich der Frau und fragte höflich: "Entschuldigung, sind Sie zufällig Anna?"

Die ältere Dame blickte sie verwirrt an und antwortete: "Nein, mein Name ist Martha." Maria entschuldigte sich für die

Verwechslung und machte sich auf den Weg, um ihre Einkäufe fortzusetzen.

Doch als Maria den Supermarkt verließ und ihre Einkäufe in den Kofferraum ihres Autos legte, wurde sie von Martha angesprochen. "Entschuldigung, ich weiß, dass ich nicht Anna bin, aber ich denke, ich könnte Ihnen trotzdem helfen", sagte Martha.

Maria war überrascht, aber auch neugierig. "Wie könnten Sie mir denn helfen?" fragte sie.

Martha lächelte und erklärte: "Ich bin hier, um meine Enkelkinder zu besuchen, aber ich bin ein bisschen durcheinandergekommen und habe mich im Supermarkt verlaufen. Ich brauche Hilfe, um zu meinem Auto zurückzufinden."

Maria zögerte keine Sekunde und bot ihre Hilfe an. Zusammen machten sie sich auf den Weg durch den Supermarkt, während Martha Maria von ihrer Familie erzählte und wie sehr sie es liebte, Zeit mit ihnen zu verbringen.

Am Ende fanden sie Marthas Auto und verabschiedeten sich herzlich. Maria war erfüllt von Freude und Glück über die Begegnung und die Möglichkeit, jemandem zu helfen. Sie dachte darüber nach, wie leicht es ist, im Alltag eine Verwechslung zu machen und dass es immer eine Chance gibt, einem Fremden zu helfen und dabei auch selbst Glück zu empfinden.

Und so fuhr Maria nach Hause mit einem Lächeln auf dem Gesicht und einem warmen Gefühl in ihrem Herzen, dass es manchmal die kleinen Dinge im Leben sind, die uns am meisten erfüllen können.

Ein Streich unter Freunden

Es war ein sonniger Tag im Park und eine Gruppe von alten Freunden hatte sich zu einem Picknick im Grünen verabredet. Sie hatten sich seit Jahren nicht gesehen und waren alle sehr aufgeregt, sich wiederzutreffen. Sie lachten und erzählten Geschichten von früher, als plötzlich einer der Freunde, der immer für seine Scherze bekannt war, auf eine Idee kam.

Er schlug vor, dass sie ein Spiel spielen sollten: Jeder von ihnen sollte einen Zettel mit einem Namen darauf ziehen, und dann sollten sie denjenigen finden und ihm einen Streich spielen. Die anderen Freunde waren zuerst skeptisch, aber schließlich stimmten sie alle zu.

Einer der Freunde zog den Namen von Peter und beschloss, ihm einen Streich zu spielen, indem er seine Brille stahl und sie irgendwo im Park versteckte. Ein anderer zog den Namen von Maria und beschloss, ihr ein riesiges Stück Kuchen zu servieren, das mit Senf gefüllt war.

Die Freunde gingen weiter, um ihre Aufgaben zu erfüllen, und am Ende des Tages trafen sie sich alle wieder am Picknicktisch. Sie lachten und erzählten sich gegenseitig, was sie getan hatten. Als sie merkten, dass Peter seine Brille vermisste und Maria einen bitteren Geschmack im Mund hatte, brachen sie alle in Gelächter aus.

Die Freunde verbrachten den restlichen Tag damit, zusammen zu lachen und zu scherzen, und am Ende beschlossen sie, dass sie so etwas öfter tun sollten. Obwohl sie alt waren, fühlten sie sich wie Kinder und es war ein Gefühl, das sie lange nicht mehr erlebt hatten.

Es war ein schöner Tag im Park, und die Freunde gingen mit glücklichen Erinnerungen und Herzen voller Freude nach Hause.

Eine lustige Zirkusvorstellung

Es war ein sonniger Tag, als die Bewohner des Seniorenheims eine besondere Ankündigung erhielten. Ein Zirkus würde in der Stadt gastieren und sie alle waren herzlich eingeladen, eine Vorstellung zu besuchen. Die meisten waren begeistert von der Idee, aber es gab auch einige, die skeptisch waren. Sie erinnerten sich an die Zirkusvorstellungen ihrer Jugendzeit und befürchteten, dass sie nicht mehr mithalten könnten.

Als sie jedoch in das Zelt eintraten, wurden sie von einer bunten und lebhaften Atmosphäre empfangen. Die Zirkuskünstler begeisterten das Publikum mit ihren atemberaubenden Akrobatik- und Jonglierkünsten, während die Clowns die Zuschauer zum Lachen brachten. Eine Gruppe von Senioren wurde sogar auf die Bühne gebeten, um bei einer lustigen Performance mitzumachen.

Besonders beeindruckt waren die Senioren von der Dressur der Tiere. Eine Elefantenherde marschierte in einer langen Reihe in das Zelt und beeindruckte die Zuschauer mit ihrer beeindruckenden Größe und Intelligenz. Die Dressur der Pferde war ebenfalls beeindruckend, und einige Senioren erkannten sogar Rassen, die sie als junge Erwachsene besessen hatten.

Insgesamt war es ein unvergesslicher Nachmittag und die Senioren schwärmten noch lange von der lustigen Zirkusvorstellung. Einige sagten, dass es das beste Entertainment war, das sie seit Jahren gesehen hatten. Am Ende des Tages waren alle zufrieden und froh, diese Erfahrung miteinander teilen zu können. Die Erinnerung an diesen Tag würde ihnen noch lange erhalten bleiben und sie würden sich noch oft darüber unterhalten.

Eine unerwartete Begegnung

Es war ein sonniger Tag im Park, als Alma auf eine Bank unter einem schattigen Baum saß und eine Pause einlegte. Sie beobachtete die vorbeigehenden Menschen und genoss das milde Frühlingswetter. Plötzlich sah sie jemanden, den sie seit vielen Jahren nicht mehr gesehen hatte. Es war ihr alter Schulfreund Max, der sich auf einer Bank in der Nähe niedergelassen hatte.

Alma und Max hatten als Kinder viel Zeit miteinander verbracht und waren unzertrennlich gewesen, aber nach der Schule hatten sie sich aus den Augen verloren. Alma konnte es kaum glauben, dass sie ihn wiedergetroffen hatte. Sie stand auf und ging zu ihm hinüber. Max erkannte sie sofort und sie umarmten sich herzlich.

Sie beschlossen, ihre alten Zeiten wieder aufleben zu lassen und verbrachten den Rest des Tages zusammen im Park. Sie besuchten die alten Spielplätze, auf denen sie als Kinder gespielt hatten, und gingen durch die Grünflächen, auf denen sie früher gepicknickt hatten.

Im Laufe des Tages erzählten sie sich von ihren Leben seit ihrer Trennung und wie es ihnen ergangen war. Alma erfuhr, dass Max nach dem Studium als Fotograf arbeitete und immer noch gerne fotografierte. Er hatte sogar seine Kamera dabei und schlug vor, ein paar Fotos von ihr zu machen.

Sie gingen zu einem kleinen Teich, der von blühenden Kirschbäumen umgeben war, und Max bat Alma, in ihrer Lieblingspose zu stehen. Er drückte auf den Auslöser und sie hörte das leise Klicken der Kamera. Ein paar Minuten später hatte Max das Foto entwickelt und es Alma gezeigt. Es war ein wunderschönes Foto, auf dem Alma von den blühenden Kirschbäumen im Hintergrund umrahmt wurde.

Als der Tag zu Ende ging und es Zeit war, Abschied zu nehmen, versprachen sich Alma und Max, sich bald wiederzutreffen. Sie tauschten Telefonnummern aus und verabschiedeten sich. Alma ging nach Hause und fühlte sich glücklich und erfüllt. Sie hatte eine unerwartete Begegnung gehabt und einen alten Freund wiederentdeckt. Das Leben konnte doch manchmal ganz schön sein.

Eine witzige Anekdote aus dem Leben

Es war ein sonniger Nachmittag im Altenheim und die Bewohnerinnen und Bewohner saßen gemütlich im Garten beisammen und erzählten sich Geschichten aus ihrem Leben.

Plötzlich meldete sich Frau Meier zu Wort: "Wisst ihr was mir mal passiert ist?" Die anderen schauten sie erwartungsvoll an und Frau Meier begann zu erzählen:

"Es war vor vielen Jahren, ich war gerade frisch verheiratet mit meinem Mann Franz. Wir wohnten noch bei seinen Eltern im Haus und ich war gerade in der Küche am Kochen. Plötzlich hörte ich ein lautes Rumpeln aus dem Wohnzimmer. Ich lief schnell hin und sah, dass mein Mann auf dem Sofa lag und laut schnarchte. Doch da war noch etwas: Auf seinem Kopf saß ein Vogel! Ich konnte nicht glauben, was ich da sah und musste lachen. Ich weckte meinen Mann auf und er schien genauso überrascht wie ich. Wir haben dann versucht, den Vogel aus dem Fenster zu locken und zum Glück hat es auch funktioniert."

Die anderen im Garten lachten und schüttelten den Kopf über die kuriose Geschichte. Frau Meier strahlte vor Freude, dass sie die anderen zum Lachen gebracht hatte und erzählte noch einige weitere Geschichten aus ihrem Leben. Die Gemeinschaft im Altenheim hatte an diesem Nachmittag viel Freude und es wurde noch lange über die lustigen Anekdoten gesprochen.

Impressum

LIOM LIOM
AUF DER HÖH 13A
35447 REISKIRCHEN
KONTAKT
E-MAIL: sl350sl@gmx.de

Don't miss out!

Visit the website below and you can sign up to receive emails whenever Liom Liom publishes a new book. There's no charge and no obligation.

https://books2read.com/r/B-A-AOUW-AGNGC

BOOKS 2 READ

Connecting independent readers to independent writers.

Did you love *Geschichten für Demenzkranke*? Then you should read *Geschichten für Senioren*[1] by Liom Liom!

[2]

Entdecken Sie in diesem Taschenbuch eine Sammlung von Geschichten für Senioren, die Spannung, Freude und Glück bereiten. Erleben Sie Abenteuer wie den Besuch beim Zahnarzt, die Begegnung mit der Technologie oder den Tag im Schwimmbad, die Herausforderung des Wanderns und vieles mehr. Eine perfekte Lektüre für alle, die nach unterhaltsamen und inspirierenden Geschichten suchen.

---

1. https://books2read.com/u/3k2kBn

2. https://books2read.com/u/3k2kBn